本当に信用できる人物

阿川弘之 選・監修

光文社

本当に信用できる人物

阿川弘之 選・監修

装幀　丸尾靖子
装画　山本祐司

まへがき

――選者の感想――

阿川弘之

今回応募作品を通読して強い印象を受けたのは、日本の各界、私などの知らぬ職場に、「本当に信用できる」しつかりした人物がゐて、それぞれのつとめを地道に誠実に果してゐる、或は果してゐた――、その事実である。

例へば「島の小さな姿三四郎」。此の人は島の高等学校の体操教師、柔道が強いといふ以外、一向目立つところの無い小柄な先生で、校庭の雑草抜きの仕事を、担任のクラスを持たぬ自分に課して、毎朝こつこつやつてゐた。筆者の松島雄二郎氏は、五十年前の新制高校生時代、「変な先生」と、初め多少軽侮《けいぶ》の眼でしか見られなかつた此の体操教師を、段々尊敬するやうになる。何故さうなつたか、T先生在任中から高校退職までのエピソード、平成十年八十二歳で世を去るまでの境遇を、種々紹介したあと、筆者自身の感想としてこんなことを述べてゐる。

「かつて、Tという愚直な信念の持ち主がいた。そしていまも、日本各地にこのような人たちがいて、黙々と雑草を抜いている。その人たちがいまの日本を辛うじて支えているのだ。書きたかったのは、そのことだった」

おそらくこれは、「本当に信用できる人物」公募に応じた人々の、最大公約数的感慨であらう。

林真未さんの「助産院で産もう！」に描かれてゐるのは、開業以来四十年、五千人の赤ん坊を取り上げた、四国の助産婦先生の姿である。筆者の出産は難産で、三十時間近くかかるのだが、その間、七十を過ぎた先生が寝ずにずつと付き添つて、讃岐《さぬき》弁で励ましてくれ、最後の何時間かは陣痛の度に腰をさすつてくれる。親たちには、万一の場合を考へてと、病院出産をすすめられたのだけれど、林さんは陣痛促進剤を使はれたりするのをいやがり、

「お産は人間の自然な営みだから、自然に任せておけば一番うまくいく」

といふ助産婦たちの言葉に賛意を表してゐる。夫の勤務先四国から東京へ帰って来ても、此の考へに変化は生じなかったやうで、「今では、私の周囲はみんな助産院派だ」さうだ。一人のしっかりした人物の影響力が如何に大きいかを、此処でも感じさせられた。

「チュウ助と呼ばれた男」は、筆者（木村和男氏）の小学校時代の同級生である。「おとなしいあまり目立たない子で、皆からチュウ助と呼びすてにされており、口の悪い連中たちには、ネズミと言われていた」

家が貧しく、修学旅行にも卒業旅行の伊勢参宮にも、チュウ助は参加出来ない。幼い弟妹の子守をしながら筆者の家へ遊びに来たこともあって、ある程度親しかったのが、卒業後は段々疎遠になり、消息も聞かなくなる。そのチュウ助と筆者が再会したのは、間に戦争の時期をはさんで、卒業二十周年記念同窓会の席上であった。結婚して女の子を授ったのに、その子が障害児で生活の苦労の多いチュウ助は、それでも近況報告を求められると、淡々と語る。

「政治も、経済も動かさず、ひと筋に市電を動かして、気がつくと二十年近い歳月が過ぎました。これからも、やっぱり市電を運転していきたいと思っています」

同窓会名簿の職業欄には、神戸市交通局勤務としるされてゐた。

それから又長い無縁の年月が経ち、ある日筆者は新聞の家庭欄を見てゐて、「一本の虫歯も無い」林忠助といふ人が、〔歯のコンクール〕老人の部で表彰されたことを知る。あのチュウ助にちがひなかつた。

しかし、島の高校のT先生や、讃岐弁の助産婦や、チュウ助のやうな人たちは、普通、新聞に出ることもテレビに出ることも無い。事故でも起さぬ限り、生涯世間から忘れられたかたちで、それでも黙々と世の為人の為に働いてゐる。小鳥のりこさんが「土饅頭へ郵便配達」で紹介する丹波の山村の七十一翁は、「こんな世の中に、まだこんな人がいたのねえ」（筆者の友人の驚きの声）と言ひたくなるほどの心やさしい篤農家《とくのうか》だ。実際こんにちの日本は、かういふ人々の手で辛うじて支へられてゐるのだと思ふ。


もつとも、此の本に選び収めた三十篇すべてが、右四例のやうな実直誠実な年寄りの話ばかりといふわけではない。松雪まるさんが「リアリティのある励まし」で描いてゐる「H君」は、二十何歳かの、「好色・小心・噂好き・お調子者……と、およそ信用できそうにない人物」である。そのお調子者を、筆者は信用してゐる。何しろ言ふことが率直で、底抜けに明るい。物事の暗い面、人の性格の短所は出来るだけ見ないやうにしてゐるし、自ら進んで道化役になる。H君がゐると、周りに必ず笑ひの渦が湧く。「真面目そのものの人物より、少し馬鹿なところのある、をかしな人間の方が友人として信頼するに足る。私は馬鹿が好きだ」とは、確かチャールス・ラムの言葉だが、「リアリティのある励まし」を読んでゐて私は此の言葉を思ひ出した。

一方、公募の命題自体に若干疑義を呈してゐる作もある。「本当に本当?」の筆者今里幸立氏は、庭木に張られたクモの巣を眺めて、人間社会の複雑なしがらみを聯想《れんそう》する。〈本当に信用できる人物〉が自分の周囲に大勢ゐてくれたら、さぞや心豊かになれるだらうが、しがらみの中で生きて来た六十余年の、——結婚以来四十三年の歳月を顧《かえり》みて、「極めて残念なことに、ボクには、女房と娘以外にひとりもいない」のだと告白してゐる。

「信用できる人物と信用しにくい人物」の大杉精氏も、やはり六十余年の生涯を振り返つて、ほどほどにならともかく、本当にと言はれてはどうもと、引つかかる様子を見せる。

「相手も自分も神ではない、欠点、弱点を多くもった人間なのだ。ならば、せめて自他の間《かん》に発生する毒素の如きモノを、すばやく中和しうるや否《いな》や、これを早期に見きわめる知恵を身につけたく思います」

さう書いてゐる。

これはこれで面白く、此のアンソロジーに幅と厚みとを加へてくれるものであらう。全般的に言つて、収録した作品はかなり質が高かつた。

唯《ただ》、選者・監修者の立場で一つ苦言を呈するなら、ところどころ文章の不備が目立つことである。応募者の大多数は文筆を業とする人ではないのだから、表現が稚《ち》拙《せつ》なだけなら見過ごせるけれど、屢〻《しばしば》妙な流行の語法——いはゆる新日本語が使はれてゐる。こちらは見過ごせない。例へば「立ち上げる」、自動詞と他動詞とごちやまぜにした此の奇ッ怪な言葉が、近年、コンピューター関係の技術者を始め、新聞記者、政治家の間で頻用《ひんよう》されるやうになつたこと、知つてはゐるが、どう考へても醜悪不合理としか評しやうが無い。日本語本来の構造からして、「立ち上がる」か「立て上げ」かしかあり得ないのであつて、国語辞典の新しい版幾つかが、早くもこれを正規の日本語として容認収載してゐるのは、私に言はせれば辞書編纂者の不見識に過ぎない。選出した作品の中に、その「立ち上げる」を使つてゐるのが二作あつた。内容的には好もしい佳《よ》い話なのに、此の一語でマイナス四十点といふ感じになる。「本当に信用できる人物」を書くなら「本当に信用できる日本語」で、――どうか皆さん、きたない新日本語から無用の汚染を受けないで下さいと、事後警告ながらお願ひして置きたい。

さてそれで、選者のアガワさんの信用してゐる人物は誰ですかと、質問が出さうである。最後にそれを書かねばなるまい。八十年の生涯に出会つた大勢の老若男女の中から誰を選ぶか。出来れば私も、島の姿三四郎や四国の産婆さんのやうな人を取り上げたい。収録作品のうち「信用できる人物」として著名人を扱つてゐるのは、「夏目漱石」の田村明子さんと「佐藤愛子」の照本梨沙さんの二人しか無く、選者の私がそちら側に倣《なら》ふのは気がさすけれど、何しろ五十五年間、もつぱら書きものの仕事をして来て、学校や会社官庁や、他の社会をよく知らない。頭に浮かぶのはやはり何人かの作家であり、その中から一人選ぶとすれば、結局志賀直哉といふことになる。八十八歳で亡くなられるまで二十五年間、身近に接して、文章と人柄の両面で、尊敬信頼の念のゆらぐことが無かつた。

ただし、志賀先生に関して私は、これまで何十遍となく書いたり語つたりしてゐる。此処では、繰返しを避けて、直哉語録を引用しながら、信頼する所以《ゆえん》をごく簡略にしるすに留めたい。

先づ、文体について。「暗夜行路」を始め「城の崎にて」や「焚火」や、志賀作品の文章は、近代口語文の模範と評されてゐるけれど、国語学をきちんと学んで理論的に創り出された「名文」ではなく、もつと直観的なものであつた。

「文法に従はない文章を書くは不可なり。さういふ文章を読む事は頭脳を浪費させる不快から堪へ難し。

文法は（テニヲハは別として）一つの約束ではなく、もつと根本的なものだ。文の構造が文法に合はないといふ事は文の約束を無視する事ではなく、頭脳の構造を無視する事だ。邪道だ。自分は文法を少しも知らないが、頭脳の構造には忠実に書かうとする」

これは「青臭帖」といふ随筆の一節である。それでは直哉の秀作は、「頭脳の構造に忠実に」いつもさらりと出来上つたかと言ふと、さうだつたものもあり、さう行かなかつたものもあり、場合によつては苦しみに苦しんで、二十数枚の短篇を完成するのに満一年かかつたりしてゐる。小説家が出来上つた原稿を、推敲《すいこう》かたがた書き直すと、普通、二枚なり三枚なり枚数が増えるものだが、直哉は書き改める度に字数が減つた。虚飾、要らざる表現を削り捨てて、空白の部分に余情と気品とを持たせる東洋の墨絵の手法と似てゐた。

お人柄については、生一本の嘘のつけない、嘘の大嫌ひな人だつた、人の嘘もすぐ見破つた、さう言ひたいのだが、朴訥《ぼくとつ》な気むづかしい正直者を想像されると少しちがふ。

ある時、年頃のお嬢さんにこんなお説教をしたことがある。

「他人の悪口《わるくち》を決して云はないといふ事だけでも立派な一徳だよ。あの人は別にとり所はなかつたが、一生他人の悪口は云はなかつた――。これだけでも兎に角一つの立派な事だ。習慣だから云はない事にすれば、案外わけないかも知れぬ」

そのあと、一と言つけ加へる。

「但しお父さんはそれをやらない」

正直のあらはれ方に、さういふユーモラスなところがあつた。雑誌社に渡す随筆原稿には、此の話と併せて次のやうな所感が書きこまれる。

「他人の悪口《あくこう》はやめる訳には行かぬ。但し感情入りの悪口は聞き苦しい。感情なしの悪口差支へなし」

特に、芸術家同士がお座なりを言ひ合つて仲よくつき合つてゐるのはをかしい、つまらない作品を発表したら、つまらないとはつきり言へばいいんだといふ考へ方であつた。「正直」と評するより「潔癖」の方が適切かも知れない。

「暗夜行路」前編の中に、「海老のやうな背中をしたこほろぎ」の姿が描かれてゐる。読者から、それはいとどといふ虫だと、詳しい説明の手紙が来るのだが、実はこれを書いた時、直哉はすでにいとどを知つてゐた。ただ、作中のその場面、その時点での経験として、虫の名前を知らなかつたので、「海老のやうな」云々と書いたのだといふ。此の種の潔癖症が直哉の特性であつた。それは執筆生活、日常の家庭生活、交友関係のすべてに及んでゐた。「本当に信用できる人物」志賀直哉のスケッチとしては意を盡《つく》さないが、縁あつてかういふ作家に長く師事し得たことを、私は自分の生涯の倖せと思つてゐる。

目次

I

助産院で産もう！　林　真未　19
リアリティのある励まし　松雪まる　27
島の小さな姿三四郎　松島雄二郎　36
あなたはすぐそばにいたんだね　月島碧璃　44
Hさんのこと　藤原英信　50
唐突の情熱　上見大地　58
天使が降りてきた庭　白鳥まきこ　63
本当に信用できる夏目漱石　田村明子　71
信用できる人は嫁　天川葉子　77
信用する人との別れ　青木利典　82

II

むかしこんなスゴイ友がいた　兼光恵二郎　93
棒　杉野あかり　101
金沢には中道がいる　鳥海　忠　109
男女の仲でない男女　山本　緑　117
人、人に会う　水原太郎　125
他人《ひと》の喜びが我が喜び　田中渥子　130
一枚の写真　内海準二　138
一服の薄茶　吉野　亨　146
焼け石に水　山田春夫　154
土饅頭へ郵便配達　小鳥のりこ　162

III

信用できる人物と信用しにくい人物　大杉　精　171
扉　和田ミエ子　178
心友　福島朱美　185
チュウ助と呼ばれた男　木村和男　191
謝々《シエシエ》　久保よしの　199
人生の師・佐藤愛子先生のこと　照本梨沙　207
小さな門松　高市俊次　214
あすなろ物語　織田浩介　220
本当に本当？　今里幸立　235
いつの日か恩返しを　小沢純代　233

I

助産院で産もう！

林《はやし》真《ま》未《み》
（東京都　36歳）

平野助産院の検診は、いつも二時間以上かかる。

〝御用の方は鳴らして下さい〟と書いてはあるがだれも鳴らさない銅鑼《どら》の吊るしをくぐり、アルミの網戸を開けると、

「いらっしゃい」

と、優しい声がかかる。お手伝いの萱原《かやはら》さんだ。

「先生、今ちょっと出てるけんな、待っといて下さい。すぐ戻る言うとったから……」

柔らかい讃岐《さぬき》弁を浴びながら、

「はいはい」

いつもの要領で、ソファに腰を下ろす。

「今、お茶いれるけんな。お菓子も食べてや」

「はい、ありがとうございまーす」

テーブルを挟んだ向かいに先客が一人。三歳くらいの女の子も一緒だ。産院に置いてある絵本やおもちゃを、目の前にいっぱい並べて楽しんでいる。

「今、何カ月ですか――」

どちらからともなく、会話が始まる。ここではそれが当たり前。こうして、何人もの妊婦友達ができてゆくのだ。

東京から転勤でこの地にやってきた当初、私は全くの東京感覚だったと思う。最初の訪問の時、電話をし予約を入れ時間通りに来たにもかかわらず、先客と歓談している先生に随分待たされて、内心面白くなかったことを覚えている。讃岐感覚でいえば、私はすんなりと話の輪に加わるべきだったのだ。今思えばそれを期待する素振りもあったような……。

――ほどなく、

「戻ったでえ」

御大《おんたい》登場。院長の平野艶子助産婦。私たちは、先生、先生と呼んでいる。

私たちの顔を見ると、先生は、

「調子はどないね」

とニッコリ笑って、いつもの場所に座った。

出てくる言葉こそ讃岐弁だが、茶と白のウェーブがかかった髪、どっしりとした体格、彫りの深い顔だちに銀縁眼鏡の先生は、ヨーロッパの、そうベルギーあたりの公園のベンチに、小型犬を連れて座っていそうな雰囲気のおばあさん。開業四十年、五千人の赤ちゃんを取り上げた右腕は、左腕よりひとまわり太い。一度逢うだけで「任せて安心」と思わせる貫禄を備えている。

さて、先生が戻ったから診察が始まるかといえばそうではない。

また、先生を交えてひとしきり話に花が咲く。子育ての話、おっぱいの話、夫の話など話題は多岐にわたるが、先生のコメントが面白い。

「あんたらな、早期教育とか流行《はや》っとるけど、あれ、どう思う？　ま、みててみい、みんなそのうちの子ォや。結局、親ぐらいにしかならんわ」

「おっぱいは万能薬や。眠くても、風邪ひいても、気持ちを静めるにも、おっぱいがあれば大丈夫やで」

「ええ子を育てようと思ったらな、子どもはいじくらんで、夫婦仲良うすればええんじゃ」

などなどなど。

初めての妊娠で不安な毎日を送る私は、この、月に一回のおしゃべりタイムをとても楽しみにしていたものだった。

「さあ、そろそろ診《み》ましょうか。どっちからいく？」

そんな言葉で診察が始まる。

必要のない限り内診がないのも嬉しい。やむなくする時も、タオルケットの下からそうっと診てくれる。診察台も内科医に置いてあるのと同じだから、鉄の輪に足をのせることもない。

先生は、

「お父さんにかわいがってもらっとるか？　ちゃんと赤ちゃんの通る道作ってもらわなあかんよ」

など（！）と話しながら、おなかの上に手を滑らせる。そして、超音波で胎児の映像を見るよりずっと沢山の情報を、その手はキャッチする。

「妊婦さんを不安にさせたらいかんのや。安心させせな」

というのが先生のログセ。だから、伝えるべきことも、十分に言葉を選んで話される。それは最後まで、産み落とす瞬間まで徹底しているが、普段の先生はそれほど自分の言動にデリケートなタイプではないから、これはプロの技なんだろう。私たちが考えているよりずっと、心と身体は密接で、安心は安産を導く最大の要因ということを、先生はよく知っているのだ。

そんな温かい検診を繰り返して、私たちは先生への信頼を深めてゆき、先生は私たちの身体と性向を見極めてゆく。

そして出産当日。深夜でも早朝でも陣痛が始まったら電話をすることになっている。電話をすると、先生は必ず、

「こっちは準備ＯＫや。なんも心配せんでおいで」

と応えてくれる。

私の出産は三十時間近くかかったが、七十を過ぎた先生がその間ずっと寝ずに付き添い、最後の何時間かは、陣痛の度《たび》に腰をさすってくれた。一カ月に二人くらいしか受けないので、お産が重なることはまずない。夫の立ち会い大歓迎。友人も駆け付けて、私は幸せな出産を迎えたのだった。

個室のダブルベッドに母子同床。手厚い看護と手作りの美味しい食事。それで費

用は病院の大部屋より若干安いくらい。常連さん達はここの入院生活を「天国のような」と表現する。

退院してからも、先生との縁は切れない。

生後一年間は、月に一回赤ちゃんの検診をしてくれるのだ。先生と萱原さんは、行く度に、

「大きくなったなあ。いい子になったなあ」

と喜んでくれる。なにしろ二人とも、赤ちゃんのことを胎児の頃から知っているのだ。初めての子を育てている時、こんな心強いことはない。帰りに、自家製の奈良漬や畑のさつまいもなどをおみやげに持たせてくれることもある。

その後も、おっぱいのトラブル、子育ての相談、二人目の出産……と、長いおつきあいになっていく人が多い。


――私はとても臆病だから、子どもを〝一番安全な方法〟で産みたかった。図書館に通ったり、講演会に参加したりして、お産の歴史から海外事情まで調べて、出した結論が〝助産院〟だった。

産婦人科病院には、医療機器、薬剤、医師、助産婦、看護婦がそろっている。一

方、助産院は助産婦のみ。しかも正常分娩しか扱えず、医療行為はできない。

「なにかあったらどうするの」

夫と両方の親は反対したが、人間的なつながりなしに診察を重ね、すぐに陣痛促進剤などを利用する病院出産を、私は選べなかった。

多くの助産婦が指摘するように、

「お産は人間の自然な営みだから、自然に任せておけば一番うまくいく」

というのが真実だと思ったし、不運にも〝なにか〟あったとしても、その時病院に行けばいい。

今では、私の周囲はみんな助産院派だ。

私と夫は、平野先生の茶目っ気あるキャラクターが好きだった。水中出産がやってみたくて、陣痛中の私に、

「風呂に入れ、風呂に入れ」

と薦《すす》めまくったり、気に入った話があると、目を輝かせて来る人来る人に伝えたり……。

実績と実力を兼ね備えながらも、高潔で近寄りがたいという感じがない。

怒られたり励まされたり……先生からは、出産の介助以上のものをもらったよう

な気がする。

今、助産院での出産（または自宅出産）の割合は、全体のわずか数パーセントだそうだ。

その存在を知る人も少ないし、知っていても、やはり、

「なにかあったら……」

の声に負けて病院を選んでしまうのだろう。

もちろん良い病院もあるだろうし、必要な医療もある。助産院ならなんでもよい、というわけでもない。

ただ、医師でも助産婦でもいいから、とにかく私はすべての女性に、本当に信用できる人物の介助を受けて、出産に臨んでほしいと思う。出産は、女性にとって一生の大仕事なのだから。

そして、幸せな出産は、必ず幸せな子育てに続くものだから……。

リアリティのある励まし

松雪《まつゆき》まる
（福岡県　27歳）

他人の悪口・噂話の類を好まず、控えめだが自分をしっかりと持っている人。そんな人を一般的に「本当に信用できる人」と言う。そうだろうか？　反対に噂話が大好きなお調子者の事を、世間では「浮ついていて、信用できない人」と呼ぶ。そうなのだろうか？

私には、H君という友人がいる。このH君、
好色・小心・噂好き・お調子者
……と、およそ信用できそうにない人物である。ところが不思議な事に、彼は多

くの人から好かれ、おまけに噂好きなこの彼に、悩みを打ち明ける友人も少なくないらしい。一体彼のどこに、そんな魅力が潜んでいるのであろう？

H君は、身長百六十センチメートル、体重八十キログラム。噂話をする度に、たるんだ腹をゆすり、「フゴフゴ」と鼻をならして喜ぶH君。簡単な英単語も知らないくせに、卑猥な会話には、英語からタイ語まで精通しているH君。そんなH君に、どうして周りの人間は相談をもちかけ、悩みを打ち明けるのであろうか。俗世間にどっぷり浸かりきった彼の一体どこに、そんな魅力があるのだろうか。

十二月のある日、私とH君は、二人で焼肉をつついていた。総勢八人で行なうはずだった忘年焼肉パーティだが、定時に集まったのは、私と彼の二人だけだった。

「皆、仕事で忙しいんだね。とりあえず俺達二人だけで始めてようよ」

明るく言うH君に肯《うなず》きながらも、私の心は重かった。

――こんな軽薄な人と二人きりなんて、イヤだなあ……。

正直な所、私はH君の事を軽蔑《けいべつ》していた。共通の友人がいる手前、彼にそう邪険な態度はとれないが、私にはH君の良さは分からないし、何故周囲の人間が彼の事を好きなのかも理解できなかった。

——こんな調子だけよくて、お喋りな人間、できる事なら近寄りたくない……。それが私の本音だった。しかし、彼はそんな私の気持ちに一向に気がつく様子もなく、次々と肉を注文している。

「松雪さんは今、彼氏はいないの？」

一通り注文し終わった後、彼はおしぼりで顔を拭きながら私に聞いてきた。私は迷わず答えた。

「いるよ、もう付き合って二カ月になる」

H君に教えるという事は、共通の友人全員に伝わる事を意味するが、構わなかった。彼の口から皆に伝われば、こちらも一々《いちいち》友人に報告する手間が省けるというものだ。H君は、鼻息を荒くして私に詰め寄った。

「フゴッ本当フゴッ!?　どんな人フゴッ!?」

あまりの興奮に、彼の鼻は豚のような鳴き声を、何回もたてた。その様子があまりに面白かったので、つい、

「三枚目もいいとこ。ゴリラのような人よ。いつも鼻毛がはみでてるの」

〃少し毛深い〃というだけの恋人の特徴を、私は些《いささ》かオーバーに表現した。

「本当!?」

彼は、腹を抱えて悲鳴のような笑い声をあげた。そうして、涙を流して笑うだけ笑った後、真面目ぶった顔を作り、

「いや、松雪さんの彼なら、きっと素敵な人だよ」

会った事もないくせに、こう言ってのけた。

「幸せそうで羨《うらや》ましいなあ」

したり顔で首を振る彼に、私もポロリと、

「H君こそ、いつも悩みがなさそうでいいなあ。羨ましいよ」

言ってしまってから後悔した。「悩みがなさそう」だなんて、何より失礼な言葉ではないか。いかにも、

「私はデリケートだから悩める人間なの。それに比べて、あんたって脳天気ね」

と言っているようなものだ。しかし彼は、それに気づいているのかいないのか。

「アチアチ、ぶひ」

とやってきた肉を焼き始める。気分を害した様子は見えない。

「ごめんね、失礼なこと言って」

上目遣いに謝る私に、彼は、歯を見せてニッカと笑い、

「俺、よくそう見られるから慣れてるよ。気にしない気にしない」

逆に私を元気づけるように言った。やはり彼は、私の発したトゲに気づいていたのだ。反省すると同時に、私は、初めて知る彼の器の大きさに驚いていた。

――もし、自分が同じ事を言われたらどうだろう……。

きっと私は、そんな無神経な相手を許さなかっただろう。〝他人のアラばかりが目に付き、許す事ができない〟……そんな自分の欠点に気づきながらも、そんな性格を変える事ができないでいる。十人いれば、その内八人は嫌いだという自分が、嫌で嫌でたまらなかった。

「H君」

私は、吐き出すように言った。

「実は今、自分の性格の事で悩んでるの。完璧な人間でもないくせに、融通がきかなくて、他人を許せなくて……。自分を変えたいのに、できなくて困ってるの。H君は、いつも友達に囲まれているんだもの。嫌な事だって、いっぱい言われた事あるでしょう? 他人が嫌になったり、人付き合いが煩《わずら》わしくなったりしない?」

突然の私の問いに、H君は、意外にもふざけたり、おちょくったりせず、真面目に、

「そうだね、他人と話すのが辛い時は確かにあるね。でも松雪さんは今『自分の融

通のきかない性格が嫌だ』って言ったけど、その真面目さが、長所でもあると思うよ」

「？」

言ってる意味がよくわからない。

「だって、今だって他人だけを憎むんじゃなくて、そんな自分の事を反省している。そんな謙虚で真面目な所、俺はすごく好きだけどな」

「そうかな……」

「そうだよ。真面目さを長所と取るか、短所と取るか、考え方次第だよ。自分を嫌になる必要なんかないよ。真面目だから、今日だって仕事が忙しくても、時間のやりくりをつけて約束の時間に来てくれたじゃない。無理して、その長所をなくす必要はないよ。そのままでいいって！」

自分の嫌な部分を認められ、変わらなくていいと言われた事で、胸のつかえがとれた気がした。H君は、更に私を慰めるように、

「どうしても他人と会話するのが辛い時は、自分の感情に無理に逆らわなくてもいいんじゃないかな。俺も昔、親父の葬式の時、無理して笑ってたけど、その分、後でかなり落ち込んだもの」

あ、と私は思い出した。いつもの笑顔で立ち、弔問に訪れた友人を逆にねぎらい、冗談さえも飛ばしていた彼の姿を。その時彼はまだ二十歳であった。

「うちは自営業してるから、長男の俺が跡を継がなきゃいけなかったからね。親父が早く逝ってしまったのもショックだったし、この後母ちゃんと弟を、俺が一人で養っていけるのかっていう悩みもあったね、あの時は」

――そうだったのか。彼の表面的な笑顔しか見ていなかった私は、奥に潜む重荷や悲しみに、まったく気づかなかった……。

しんみりとする私に、H君はすぐに、

「でも何とかなったよ～ん」

飛びきり変な顔でおどけてみせた。H君の人望の秘密が見えた気がした。いつも明るく笑っていたのは、彼の他人への思いやりだったのだ。愚かな事に私は、表面だけを見て彼という人を判断していた。彼は、明るく元気づけるように私に言った。

「さあて、口直しにデザートでも食べに行きますか！　今日は俺が奢《おご》るよ」

翌日、私の電話はひっきりなしに鳴った。

「彼氏出来たんだって？　H君から聞いたよ」

「ゴリラとチンパンジーのハーフみたいな顔で、尻毛が生《は》えてるって本当？」

どうやら彼は、会う友人会う友人に私の恋人の事をふれまわったらしい。しかも、私が言ったよりも、更に彼の毛深い特徴を脚色して。しかし、その後話した真面目な相談事については、誰にも、ただの一言も知らされていなかった。ここか——私は唸《うな》る思いだった。

冒頭で私は、俗世間にどっぷり浸かりきったH君のどこに、人をひきよせる魅力があるのだろうかと書いた。だが、俗世間にどっぷり浸かっているからこそ、人付き合いの絶妙な加減がわかるのだ。他人の噂をせず、悪口を言わない人間も、世の中にはいるだろう。それは、勿論《もちろん》素晴らしい事だ。だが、その人に深い相談ができるかと問われると、答えは「否」である。なぜなら、非の打ち所のない人間に自分の醜い部分をさらけ出したところで、得られるのは、同情や、型にはまったような慰めだけだからだ。欲しいのはそんなものではない。リアリティーのある励ましなのだ。

今日も彼は、またどこかで大勢の仲間に囲まれているだろう。笑いが人間関係の潤滑油となる事を熟知している彼の事だ。自らすすんで道化役となり、時には他人の「ばらされてもよい」噂話に華を咲かせている事に違いない。

人間の、良い部分も悪い部分も知った上で、良い部分にのみ光を与えようとする彼。そんなH君の事を、私は今、どんな人よりも信頼できる人間だと思う。

島の小さな姿三四郎

松《まつ》島《しま》雄《ゆう》二《じ》郎《ろう》
（東京都　65歳）

はじめから、その人を尊敬していたわけではなかった。「変人」というのが、第一の印象だった。軽侮《けいぶ》の念も多少あったにちがいない。その人は体操の教師で、私は新制高校の新入生だった。昭和二十五年、いまから半世紀も前のことだ。

生意気な高校生にとって、鉄棒にぶらさがって回転したり、トラックを全速力で駆け抜けたりする姿は、馬鹿々々しい無駄な努力にしかみえなかった。

人気教師の筆頭は、文芸部顧問の国語教師、つぎに演劇部顧問の生物の教師だった。なにを隠そう、かくいう私も演劇部に所属して、『ども又の死』や『父帰る』の練習に明け暮れていたのだ。女子生徒とのホンの読み合わせに、胸をときめかしていた。

体操のT先生は、身長百六十センチと小柄だった。いがぐり頭で、太く濃い眉毛、深くくぼんだ眼窩《がんか》の奥の、優しく澄んだ目が印象的だった。思い出の中で、先生はいつも広い肩幅と太い腕を、真っ白なランニング・シャツからのぞかせていた。

遅刻の常習だったわたしは、ほとんど毎朝のように校門のところで先生と顔を合わせた。先生は、黙々と雑草を抜いている。その横を「お早うございます」と声をかけて駆け抜けるのだ。教室では、もう朝礼が始まっていて静まりかえっている。席について、窓の外を見ると、T先生は相変わらず前かがみになって、雑草と格闘している。広い校庭だから作業は果てしがない。もちろん、誰に頼まれたというのでもない。クラスを担任していない先生の、これが自らに課した毎朝の仕事だった。「変な先生」だった。

この地味な、いっぷう変わった先生が、実は数々の逸話の持ち主だと知ったのは、それからしばらくしてからのことだ。上級生たちから、並々ならぬ畏敬の念をもってみられていることもやがて知った。

私の学んだ高校は、九州のさる半島の突端から船で三時間の離島にあって、島で唯一の全日制の学校だった。T先生は、この学校の前身である旧制中学を出ると、海を渡って県の師範学校に入学した。逸話の一つは、その当時のものだ。

それは、入学してはじめての柔道の時間だった。道場の床に正座して並ばされた学生を、教師の代役を務める上級生が、一人ずつ前に呼び出して、次々と投げ飛ばしていった。手荒い新入生歓迎式だった。

受け身もろくに習っていない学生たちだ。ダメージも大きく、しばらくは立ち上がれないものもいた。半数ほどの学生が、倒され痛めつけられたとき、「お願いしまーす」と末座から手を挙げたものがいた。T先生だった。上級生の前につかつかと寄ると、「お願いします」と、もう一度頭を下げた。と、相手の片腕をとるや、身体をひねって肩越しに投げ飛ばした。見事な一本背負いだった。

立ち上がって向かって来る相手の右足を、今度は外から刈り上げて、大きく横転させた。勝負はそこまでだった。

止めに入った教師から、「強いな、お前は。しかし、今度からはちゃんと自分の帯をしてこなくちゃいかん」とT先生は注意されたという。T先生は中学時代にすでに黒帯をとっていたが、この日は自分の柔道着が間に合わず、同級生の白帯を締めて出席していたのだった。この日の出来事は今も同校の語り草になっている。

T先生を立ち上がらせたのは、「弱い者いじめ」に対する義憤であったろう。こうと思ったら、一直線に突き進んでいく。それは若さゆえの直情というのではなく、T先生の一生を貫いた生き方であった。恐るべき愚直さであった。

おとなしく自分の番を待って、上級生の技にかかって見事に投げ飛ばされる、そう見せかけることなど、有段者であるT先生にとって朝飯前だったに違いない。事を荒立てない、それもひとつの方法だったろう。しかし彼はその道をとらなかった。死ぬまでそのような道はとらなかった。

次のエピソードも先生の師範学校時代のものである。

家が貧しかったT先生は、親から仕送りを受けるなど望むべきもなかった。紹介する人があって、元旧制高校の教授だった某氏の家に書生として住み込むことになった。元教授は八十余歳の高齢で、夫人に先立たれて一人住まいだった。

T先生は、その誠実な人柄を老人に愛され、労を惜しまぬ仕事ぶりを感謝された。不用心な老人家庭にあって、屈強な青年の同居は、それだけで心強いものであったに違いない。

悲劇は、それから一年後に起きた。ある夏の朝、老人が浴槽の中で死体となって発見されたのである。検死の結果、死因は入浴中の心臓麻痺と断定された。T先生は昼間の疲れから寝入っていて、深夜、老人が風呂を使ってそのような事故にあっていたことに気づかなかったのである。

T先生の傷心ぶりは痛々しいものだった。周囲の人達は、人一倍責任感の強いT先生が、早まったことをしなければよいが、と危ぶんだ。しかし、人々の危惧は杞《き》憂《ゆう》だった。T先生の立ち直りは意外に早かった。後日、T先生は吹っ切れた表情で、指導教官にこう打ち明けたという。

「ぼくは今度のことで随分悩みました。もしあの夜ぼくが起きていて異変に気づいてさえいたら……と。しかし一方、これはぼくの手の届かぬ不可抗力のことだったのだ、と自らを慰めることもありました。それでもし、亡くなられた老先生がぼくが悪いのだとお考えでしたら、夢の中に出てきて、ぼくを責めるはずだと思ったのです。しかし、あれから一ヵ月、老先生は一度も夢に出て来られませんでした。老先生は、ぼくを恨んではおられないのですよね」

T先生の、この少年のような素朴な心情の吐露を指導教官がどう聞いたかは知らない。しかし、わたしがこの話を聞いたときの感想は、やはり「愚直」ということだった。

その後のT先生の柔道の上達はめざましく、その腕前は県下に並びのないものであったらしい。いや、後年東京の大学で、わたしが九州のS島の出身と知った教師から、「君は柔道のTを知ってるかね」と聞かれたことがある。先生の強豪ぶりは、全国に鳴り響いていたのであろう。

師範学校を卒業して、県下のいくつかの学校で教鞭をとったが、戦争末期に召集されて、島の母校に赴任したのは、終戦後のことである。教師になってからも、T先生のひたむきな生き方は変わらなかった。

島から本土への連絡船上で、やくざに因縁をつけられていたかつての教え子Hを、得意の技で救ったという、姿三四郎ばりのエピソードもある。そのとき、中学を中退したHは、就職のためにひとりM市へ向かう途中だった。背には大きなリュックを、胸には名前を書いた布切れを縫い付けていた。出迎えの人とはぐれぬ用心だ。

これといった産業のない貧しい島の人々は、こうやって、男も女も島を出ていったのだ。後年、島に戻ったHの述懐によると、T先生は彼をM駅まで送り届け、すくなからぬ金を餞別にと、むりやりHのポケットにねじ込んだという。

貧しい学生を金銭的に援助していた、という話はしばしば耳にした。

さて、私がT先生の謦咳《けいがい》に接することができたのは、ながいことではなかった。ある不幸な事件をきっかけに先生は、学校を辞めることになったからだ。

事件というのは、先生が部長をつとめていた柔道部の部員が起こした、強姦未遂だ。女子学生と学校の裏山に登った部員が、女子学生を襲った、というものだ。詳細は不明だが、人目につかない山に分け入ったのは、双方合意の上だったわけだし、要するにコトにはやった男子学生が、タイミングを誤り、性急に、不器用に振る舞って、女子学生を脅えさせてしまったということであったろう。

被害者は、のちに告訴を取り下げたが、男子学生は退学となり、監督不行き届きの責任をとって、T先生は職を辞された。周囲からは極力慰留されたが、受け入れる先生ではなかった。

退任式は、講堂に全校生徒を集めて行なわれた。T先生は簡単な辞任の弁を感謝の言葉でしめくくると、最後に、できればわが校の校歌を歌ってくれないか、といった。ぼくのいちばん好きな歌なんだ、とつけ加えた。声を発するものは、だれもいなかった。「歌ってくれよ、さぁ」再度先生は促した。会場の隅から、意を決したように、二、三の生徒が低い声で歌い出した。何人かがそれに和した。小さな波が寄り集まって、大きなうねりになった。気がつくと、全員が声をかぎりに歌っていた。あちこちで女子学生のすすり泣く声が聞こえた。男声は荘重で力強く、しかも哀切だった。「有り難う」といって、先生は壇を降りた。

退職後の先生は、自宅を改造してはじめた柔道教室と、農作業で一生を過ごされた。平成十年、八十二歳で亡くなった。

　敬愛するT先生にまつわるエピソードを書き連ねてきて、もどかしさとある種の虚しさを感ぜずにはいられない。書けば書くほど先生の実像から遠ざかっていく。私が書きたかったのは、黙々と校庭の草を抜く先生の姿だった。それだけで十分だった。

　かつて、Tという愚直な信念の持ち主がいた。そしていまも、日本各地にこのような人たちがいて、黙々と雑草を抜いている。その人たちがいまの日本を辛うじて支えているのだ。書きたかったのは、そのことだった。

あなたはすぐそばにいたんだね

月島《つきしま》 碧璃《あおり》
（神奈川県 22歳）

本当に信用できる人物、という言葉を聞いて、何故だかほんのり淋《さび》しくなってしまったのは、私だけだろうか。今まで考えてみたことはないけれど、そう呼べる人はいるのだろうか。一生に一度くらいは出会えるのだろうか。そこまで考えて、私は考えるのをやめてしまった。考えるということは、思い当たらないということだ。即座に頭に浮かんでこないというのは、本物ではないということだ。

でも最近、私は思うのだ。本当に信用できる人物とは、出会うものではなくて、深い付き合いの中で徐々にそういう関係になっていくものなのだろう、と。そして私は過去をさぐってみた。私の頭にふとひらめいた人物がいる。それは私の三つ年下の弟である。弟は十九歳で、いわゆる世間で言うところの知的障害者である。この弟の影響からか、私は四月からの就職先を福祉関係へ、と予定している。短い言葉でこのように説明すると、私は立派な人間に見えるだろうか。知的障害の弟を持ち、その影響で福祉の道に進む、そんな私は弟にとって良き姉だろうか。しかし私は心の中では、どこかでいつも弟をうとましく思っていた。姉弟喧嘩《げんか》すら出来ない。姉弟なのに他人みたいな存在だった。こんな私が福祉の道に進んでもいいのだろうか、と思ってしまうほど、私は心の奥の方で弟の存在を否定し続けていたのである。しかし今の私は、弟をものすごく頼りにしているし、愛しているし、信用している。どうしてこうまで私の心が変化したのか。それはある事件がきっかけだった。

その夜私は、大学の友人何人かと飲みに行き、帰宅が遅くなってしまった。確か夜の十一時頃だったと思う。駅から家までは十分強といったところだが、とにかく道が暗い。私はビクビクしながら小走りで家へ向かっていた。もうすぐ家だ、とほっとして肩の力を抜いた途端、突然大きな手で後ろから口を塞《ふさ》がれ、私の身体はコンクリートの上に押し倒された。警察の調書ではないので細かいことを述べるつもりはないが、要するに痴漢にあってしまったのだ。私は声を限りに叫んだ。痴漢にあったら、「助けて!!」ではなくて「火事だ!!」と叫べ、と教えられたことなど、頭から消し飛んでいた。

「助けて!!　誰か来て!!」

「お父さん!!　お母さん!!　助けて!!」

元合唱部で元演劇部だった私の声は、暗い夜道によく響いた。近所の人の耳に、私の叫びが届いた。私は間一髪のところで近所の人に助けられた。私は幸いにも軽傷を負っただけですんだ。この事件で、私も私の両親もひどくショックを受けたけれど、弟には何も伝えなかった。痴漢にあった、と言っても分かるわけはないからだ。しかし次の日の朝、弟は私を見るなり、

「お姉ちゃん、どうしましたか?」

と言ってきた。

「お姉ちゃん、元気ありません。僕、お休みします」

そう弟は言って、何よりも大好きな作業所を欠勤したのだ。それまで弟は皆勤賞だったのに、私のただならぬ様子を感じ取り、自ら休みを取ってくれたのだ。私はショックだった。痴漢にあったことに加えて、弟のその言葉がショックだった。どうせ分かるわけはないと、事件のことを一切言わなかったにもかかわらず、弟はそれを敏感に感じ取り、しかも私のために休んでくれた。私はいつもどこかで弟を、

見下していたのかもしれない。いつもいつも家族に迷惑をかける弟を、厄介者扱いしていたのかもしれない。しかし弟は家族の一員として、私を支え、守ってくれようとしたのだ。

私は悔しく思う。弟がこんなにも温かい人間だということに気づかなかったこと。そんな弟を見下していた自分。そして、逃げた犯人に。

そう、犯人は見つかっていないのだ。このような罪を犯しておいて、今も平然と町中を歩いていることだろう。そして私は逆に、一人で外を歩くことが出来なくなった。それどころか、一人で留守番することも出来なくなった。カタッという微《かす》かな音でさえ、敏感に反応し、震えあがるようになった。そして弟は、一人で留守番出来ない私のそばにいてくれる。仕事をしている両親は家を空けねばならない。そんな時、私を守ってくれるのはこの弟なのだ。弟は二度と、事件の次の日のあのセリフを言ってくれない。「お姉ちゃん、元気ありません」と。でも口にはしなくても、あの日以来元気のない私に気づいている。そして気遣ってくれている。何をするわけでもない、ただ同じ部屋にいてくれるのだ。

皆は、知的障害者である弟を「本当に信用できる人物」と言う私を、笑うだろうか。淋しい人間だと思うだろうか。以前の私だったら、これは考えられないことだった。でも最近、私はこう考えるようになったのだ。

弟は道を歩いていると、道行く人たちにジロジロ見られる。弟は独り言をブツブツ言いながら歩くし、変な動きをするし、端《はた》から見れば「おかしな人」に見えるのだろう。でも私を襲った犯人は、道を歩いていても、誰にもジロジロ見られることはない。犯人は、こんな罪を犯しても、結局は「普通の人」になってしまうのだ。

もし犯人が私の弟に会ったら、

「頭おかしいんじゃねえの」

なんて言って、せせら笑うに違いない。人間ではないものを見るかのように、さげすんだ目で弟を見るに違いない。しかし、私を襲い、私の心にも身体にも傷を負わせたいわゆる「普通の人」と、傷ついた私のために仕事を休み、そばにいて守ってくれる、いわゆる「知的障害者」では、どちらがよりすばらしい人間と言えるだろう。答えは一目瞭然である。

この事件は私にとって、本当に忘れられない辛い想い出となった。しかし、弟のあの優しさに触れることが出来たのだから「消し去りたい過去」とは完全には言えない。もしもあの時、弟がそばにいてくれなかったら、私を守ってくれなかったら、私はもっと苦しんでいただろう。信頼していた警察も、大学のカウンセリングも、私を救うことは出来なかった。私を救ったのはただ一人、私の弟だけだ。

　本当に信用できる人はいますか。こう尋ねられたら、もう私は迷うまい。そんな人いるわけない、なんて諦めまい。本当に信用できる人はいますか。そう聞かれたら、私はこう答えるのだ。

　はい。

　それは私の弟。

Hさんのこと

藤《ふじ》原《わら》 英《ひで》信《のぶ》（兵庫県 58歳）

世に、「信用のできる人」というものがいるのだろうか。人は、人とのつながりにおいて宗教の助けや制度の保障などによることなく、本当に相手を信じ頼りにするということがありうるのだろうか。このことを考えるにあたって、私の乏しい人生経験の中で貴重な教訓になったのは「Hさん」とのことである。

社会に出て間もない頃、ある趣味の集まりでHさんと出会った。もう四十年近く前のことだ。それは市が主催する青年を対象にした一種の趣味・教養のサークルで、私が入ったのは「商業図案」のコースであった。プロの講師の週一、二回の指導で、勤めをおえて夜間二時間ほどの活動が一年間続いた。初めこそかなりまとまった数いた受講者も、櫛《くし》の歯の抜けるように減ってゆき、最後まで残ったのは私を含めて四、五人だった。Hさんはその内のひとりであった。もの静かでいつも落ち着いていて、しかしどこかシンの強いところのある彼は、図案の知識や実技にかけては受講者の中で群を抜くものがあった。以前、実家が小さな印刷関係の仕事をしていて、彼もそこで版下《はんした》を描いていたらしい。人づきあいの格段に苦手な私も、どこか引かれるものを感じてHさんには自然に近づくことができた。と言ってもサークルの帰りにお茶を飲んだり、正月に講師宅へ年始に行く程度であったが。

その後何年か空白があり、あるとき駅のホームで偶然Hさんと再会した。彼は相変わらずクールな表情ながら前より一層生き生きとした感じで、そのときある新聞社の宣伝部に勤めていると言って一枚の名刺をくれた。以後私は頻繁にHさんをたずねるようになる。Hさんは、デザインや広告写真の実務について以前にも増してよく通じており、本来はこの方面の職業に就きたいという夢を抱いていたこともある私は、会うたびに新鮮な刺激を受けることが多かった。「ニッセンビ」（日本宣伝美術家協会）とか「カメクラユウサク」（亀倉雄策＝日本のこの分野の草分け的人物）などという、当時の商業デザイン界の話題が彼の口から出るのを聞くたびに、それまでにない新しい世界が目の前に広がっていくような気がした。一方、私も当時仕事にしていた機械技術の知識を見込まれてHさんの仕事に協力することもあった。

夜の街へ出て飲酒することもこの頃本格的に覚えたように思う。職場の仲間よりもHさんと飲んだことの方が多かった。彼は、なじみの店に私を連れ歩き、たまに私が払おうとするのも制止して気前よくおごってくれた。お互いにアルコールには強く、かなり深酒をしてもHさんは態度を変えたり大声をあげたりするなどということはなく、淡々としていた。私自身がこうした傾向にあったためにHさんも遠慮したこともあろうが、そのような抑制の強さはやはり彼固有のものであったようだ。出会いのキッカケとなった青年のサークルでの話題に及んだとき、Hさんは他の仲間を評して「彼はハッタリ屋だ」と言ったことがあった。私には思いがけないことだったが、他人をそのように見透かすことのできるHさんに敬服し、自分はそう見られていない、少なくともこの人に信用されていると思うとうれしかった。私たちは次第に親交を深めていった。

Hさんとの親交をより強める機会があった。鉄道ファンでもあった私は、その種のある趣味誌で「列車追跡ルポ」というのを募集していることを知り、子供時代の疎開経験で縁があった山陰線の長距離ドン行列車に乗ることを思いついた。この話をHさんにしたところ思いがけず即座に、「オレも行こう」と言って、写真を担当してくれることになった。こうして京都から下関まで二十時間余りの長旅をつづったこの作品は幸運にも入賞し、誌面に掲載された。この体験は、お互いに何らの義務も強制もないところから出て、自然に力を出し合って、しかもそれが良い結果に結びついたということで喜びは大きかった。

その後、Hさんは新聞社の宣伝部を辞め、独立して大阪にデザイン事務所を持った。当初はかなり仕事もあったようで、しかも何から何まで一人でやっていたので相当に忙しく、ときおり私に加勢を求めることがあった。報酬などに関係なく私も少々無理をしてでも彼の依頼に応じていた。ふだん仕事に追いまわされる分、収入もサラリーマン時代とはケタはずれに多かったらしく、正月になると海外へ出かけ、その先から手作りの彩《つや》やかな賀状が届いた。ずっと独身を通していたことも何かと行動を身軽にしたのであろう。

やがて私は世帯《しょたい》を持ち、勤めにも責任が加わるようになり、いきおいHさんとも会う機会は減っていった。そしてこの頃から、事務所へ電話しても不在勝ちのことが多くなる。

ある日Hさんの方から久しぶりに電話があり、頼みがあるので会ってくれないか、と言う。約束の場所へ出向くと、彼は沈痛な面持《おもも》ちで、単刀直入に「実はカネのことで困っている。助けてほしい」と切り出した。――友人の事業の借金の保証人になったが、その友人が失敗してすべて自分に荷がかかってきた。あらゆる手は尽くしたがどうにもならない。君には悪いが、たとえわずかでもいいから融通してくれないか――というようなことをあの冷静なHさんが、取りすがらんばかりの緊迫感をもって話すのだった。「ヤクザに追われている」とも言った。このとき私はどのような受け答えをしたのか思い出せないが、ある種複雑な気持ちになったことと、彼の要請を二つ返事で承諾することはできなかったことを憶えている。後日私は三十万円を用立てた。渡すとき、この金はもう手元に戻らないだろうという予感があった。それは、Hさんが不誠実だというのではなく、今の彼はこのような端金《はしたがね》(私にとっては大金だが)さえも、この先返すに返せないほどの瀬戸際に立っているらしい事情が、いっぺんにのみ込めたような気がしたからである。それまでHさんは経営上の困難についてまったく口にしたことはなく、またその方面の感覚に疎《うと》い私には察知できないことだった。

実はこのとき、用立てた金へのこだわり以上に私が衝撃を受けたことは、このことでお互いの関係が壊れてしまったという思いである。これまで何の貸し借りもなく続いてきた親交は何だったのか。大人になってからのつきあいは真の友情ではないとよく言われるが、このことだったのか、という思いが私の心を暗くした。そして、小心な私は、この一事をもって、Hさんとのつきあいもこれを最後にしよう、と心の中で決めてしまったのである。以後何度か電話をしてみたが、呼び出し音だけが空《むな》しく鳴り続け、やがて電話機そのものが事務所から運び出されたようであった。

それから忘れるほどの年月が過ぎたある日、一枚のハガキが届いた。「迷惑をかけてすまなかった」という謝辞と、念のため知らせておいた私の口座あてに金を振り込んだことが簡単にしたためられていた。私は、ほろ苦く切ないような何とも言えない寂しい気持ちになった。

借金の話を持ち出されたとき、概して言えば、Hさんに「裏切られた。利用された」と思った。今まで信用してきたこの人に、他のことならず金の融通を迫られたことは当時の私には大きな「衝撃」であったのだ。私はどうやら「信用」とか「信頼」というものを、法律や制度などによる保障はもちろん、その他もろもろの人為によることのない純粋に無償の関係であるべきだ、ととらえていたようである。だからHさんから突然話があったとき、それまでお互いに何らの下心や打算がないと信じてきた親交を、金によって汚されてしまったと感じたのだ。しかしながら、一体世の中に「純粋で無償」の信頼関係というものが本当に存在するのであろうか。ただひとつ言えることは、生まれ出た赤子が幼児期に至るまでのほんのわずかな間の母親との関係がこれに当てはまるもののようである。人間とはその本質において、自己本位・エゴの存在であるという認識に立つならば、信用や信頼の「完成者」がそのままの形で、どこかにいつも存在するなどということはありえない。人は、あるときは悪人ふうになったり、あるときは善人ふうになったり、その間を絶え間なく揺れ動きながら一生を終えるのだろう。だから信用や信頼というものは、そのままではありえなく、絶えざる努力によって築き保たれる双務関係だ、と今では考えられる。

　私は成年に達してから、珍しくHさんという「信頼するに値する人」に出会いながら、自身の未熟さや努力不足のためにみずからそのチャンスを逃したのかも知れない。私が本当にHさんを信頼していたならば、借金の話が持ち出された時点で即快諾（もちろん可能な範囲で）していただろう。そしてたとえそれが返ってこなくとも何らこだわることはなかったはずだ。Hさんも、私という人間を信用していてくれたからこそ、わが身の言い難《がた》い窮状を訴え助けを求めたのであって、そのわずかな一件をもってそれまでの長い友好関係を一方的に断ち切ったことは、私こそ、人を真に信用することの容易にできない狭量な性格であったことを痛感するほかはない。

唐突の情熱

上見《じょうけん》　大地《だいち》
（東京都　22歳）

私は友達と二人で大学近くのマクドナルドに入っていつものように下らないよもやま話をしていた。ひとしきり話した後、我々は何の気なしに障害者福祉論という講義の内容を話題にしていた。

といっても福祉の今後について熱心に語り合ったわけではない。そもそも我々二人は文学部で西洋の古典文学を専攻しているのであり、この講義を受講したのも、全く僭越《せんえつ》な言い方をさせてもらえれば時間割りと単位取得の都合上どうしても取る必要があった、というだけの事だった。

その講義はオムニバス形式で、講師の先生方も研究者だけでなく、養護学校や手話スクールの先生、自助グループの代表、全盲の大学ＯＢの方など福祉の現場に直接関わっている方々も多くいらしていたため、「ああ、そういえばあの人こんな事言ってたよな」ぐらいの事を、話の間を埋めるために喋《しゃべ》っていたに過ぎなかった。

「私も一言いいですかね」その中年の男性は突然私達二人に話しかけてきた。

　私は自分の事を極めて俗っぽい人間だと思っている。年輩の気骨ある人が「最近の若いもんは！」と嘆きそうな、典型的グレイゾーンのすねかじり学生である。地域社会というものは小さい頃にその残り香を嗅いだ程度で、無言化社会が、嘆くべきものというより無条件にそれこそ当たり前に幅を利かせている中で育ったので、当然人見知りも激しい。その中年男性のように、見知らぬ人間から話しかけられた経験といえば、ほとんどがキャッチセールスか狂信的に思える団体の人間からのものである。そうなってくると仮にそれ以外の目的で話しかけられても、結局そういった目的の話に帰結するのではないかと疑心暗鬼になり、気味悪く思いながらうわの空で聞き流すのが常である。

　だからいつもなら「ああそうですね」などと適当な相槌を打ちながら友人に目で合図して、そのままマクドナルドを出ていたであろう。どうせ特に話す事もなく、だらだらと暇を持て余していただけなのだから。

しかしそのくたびれたシャツを着た中年男性に話しかけられた時、私はいつものようにおろおろすることもなかったし気味が悪いとも思わなかった。今考えても不思議に思う。その男性は、往々にしてありがちな狂信的な雰囲気を身にまとっていなかったし、静かな調子で言った「私も一言いいですかね」という響きにはどこか切実な念がこもっているように感じられ、私はその先に語られるものに一瞬、興味をそそられたのではないかと思う。私が「なんでしょう?」とたずねると、彼は熱っぽく堰《せき》を切ったように語り出した。

聞けば国分寺《こくぶんじ》市の福祉施設でソーシャルワーカーとして働いているとのこと。今の日本の福祉施策、制度があまりに立ち後れていることに対して日頃から憤懣《ふんまん》やる方ない想いを募らせていたのが、私達の何気ない会話が耳にはいって、不意に誰かに話したい衝動を抑えられなくなったのだと言う。

「第二次世界大戦中ヒトラーは国中の障害者をガス室に送り込もうとしたんです。だからこれからソーシャルワーカーを目指す人には是非心を据えて来てほしいと思います。またヒトラーみたいな人間が現われた時に、仲間として最後まで障害者の側に立っていられるかどうか、という事ですよ。大げさに聞こえるかもしれませんが、それだけ有史以来障害者のヒューマンライフは踏みにじられてきたわけです。

一昔前まで障害者福祉の概念というのは保護と訓練、更生だったんです。更生というのは悪い事をした人間を元の状態に戻すという事でしょう？　障害を軽減させるようにさんざん尻を叩いて、それでもできない人は保護する。要するに三流四流の人間としての扱いをあからさまにしていたわけです。彼らを生きていく主体としてとらえていなかったんですよ。いいんです、別に障害が治らなくても。バリアフリー社会として、ハンディキャップというものを無効化できるようにすればいいんです。人生は障害を克服するためにあるんじゃない。生まれてきてよかったと実感するためにあるんです。足のない人に『頑張れ』と言って足がはえてきますか。手のない人に手がはえてきますか。それよりいかに機能的に素晴らしく、安い義手なり義足を保証するか、という事が問題なんです。知的障害も同じです。治る治らないはいいじゃないですか。その中で楽しい豊かな生活が保障されれば。それを、知的障害じゃ社会に出られない、不幸になる、だから頑張りなさい、などと言って毎朝五時半に起こして、国旗を掲揚させて君が代歌ってマラソンをさせる。それでも治らないから、治るまで頑張ってねと言い続けて三十年、四十年と施設の中に居させるんですよ。それで三十年、四十年と服の着脱ばかりやらせていたんです。そんな事がほんの一昔前まで先進国日本で行なわれていたんです。知的障害はどっちだって話ですよ。ヒトラーと何の変わりもないじゃないですか」

よくわからない所や記憶が曖昧な部分はあるが、骨子としては大体以上のような事を、その男性は若干早口ではあるがまくしたてる調子ではなく、どちらかというと淡々と語った。私はしばらくして、彼の話を腰を据えて聞いているのに気付いて自分自身驚いていた。話の内容に関しては特に異論はないし、賛同できる部分もある。しかし話の内容以前に、普段の私だったら見知らぬ人に突然そんな話を切り出されたら、そこに何か狂信的でいかがわしいものを感じて「なに言ってるんだ、こいつ」と斜に構えていたはずである。しかし私はこの男性にすっかり好感をもってしまった。きっとこの人は真剣に自分の携わっている事を二十四時間考えているのだろう。そう無条件に信じていいような気にさせられていたのだった。そういった経験は後にも先にもその一度だけである。

その男性はその話をした後すぐに、時間を取らせてしまった事を詫びて店を出ていった。私はほとんど照れ隠しで「なんだよあれは」と言った。変だけど変に思わなかった初めての人だった。

天使が降りてきた庭

白鳥まきこ
（北海道　41歳）

「本当に信用できる人はいますか？」と問われると、真っ先に思い出す友人がいる。出会いの記憶は残っていない。内弁慶な私は、慣れればうるさいくらいにまとわりつくくせに、初めての場所や人の中では、自分のことで精一杯で、話しかけられても蚊《か》の鳴くような情けない返事しかできない子供だった。けれど、気が付いたら彼女とは、いつも一緒に遊ぶようになっていた。

晶子《しょうこ》ちゃんと私は、幼稚園に通っていた四歳の時からの長い付き合いになる。ふたりとも四十歳を過ぎているというのに、いまだに「ちゃん付け」で呼び合っている。

容姿も性格も全く違い、彼女はこの年齢には珍しく百七十センチを超える長身でスレンダー、流行の小顔には短い髪型がよく似合う。私は「小泉今日子と同じ」と自慢している百五十四センチという身長に、体重はとても人には言えないほど。マメに切るのが面倒なだけで伸ばしている長い髪。

穏やかで素直で、頑張り屋さんの彼女。負けず嫌いで気が短く、見栄っ張りな私。学歴や経歴も全く違い、彼女は札幌市内でも有数の進学校から北大に進み、薬剤師として長く勤めた。私は、近くにあるからという理由で選んだ女子高をなんとか卒業して、何の資格も持たないため、幾つか職場を変えながら社会人歴だけは負けずに長い。

共通点と言えば、両親とふたり姉妹の妹という立場で四人暮らしだったことと、同じピアノ教室に通っていたことくらいで、そこでも私は早々に挫折している。

ふたりが毎日のように会っていたのは、幼稚園から小学校の四年生で彼女が転校していくまでの五年半、出会いの年齢に比べるとそれ程長い期間ではない。

理由はなんだったのか思い出せないが、喧嘩もよくしたように思う。すごく些細《ささい》なこと、新しいおもちゃを貸してくれなかったとか、自分の苦手な子と仲良くしていたとか、そんなことで口をきかなかったことも度々《たびたび》あったはず。

家が近くて一緒にいる時間が長すぎたから、転校していったときは寂しくて、なかなか現実として考えられなかった。だから初めの頃は頻繁に手紙のやり取りをして、お互いの近況を報告し合っていた。

それでも中学、高校と新しい環境や友達の出現で、手紙の数も減り、クリスマスカードや年賀状を中心にした、季節の挨拶に変わっていた。

社会人になってからは尚更《なおさら》で、それぞれの大まかな生活ぶりを知っているだけで、心の中までは知らないまま過ごす年月が長かった。

それが、ある日を境に「いてくれなくては困る」ほどの友達に戻ることになった。

それは、二人が同じような時期に結婚したこと。偶然にも、一般的にはとても晩婚と言える「三十七歳」という年齢で、しかもどちらも三月に結婚した。結婚を機に仕事を辞め、専業主婦になったということも共通の大きな変化になる。

それまでお互いにプライベートなことを話していなかったので、結婚する前にそのことは分かっておらず、私は式を挙げていないので他の人へと同じ『結婚しました』というはがきを出したきりになっていた。

はがきを出して十日ほどたった頃、のんびりと掃除をしていた私の元に掛かってきた電話。「分かる？　晶子です」その一言から、昔のままの「晶子ちゃん」との付き合いが復活した。

彼女は「ハワイで式を挙げたため、はがきを見たばかりで、連絡が遅くなってごめんね」と優しい口調で話し始めた。

相手が仕事に没頭しているものと思っていたのに、同じ三月に専業主婦になっていたなんて、不思議すぎる偶然。結婚して隣りの市から札幌に移ってきたと知って、話が弾《はず》んで会うことになった。

社会人になって一度会ったきり、数回の電話と手紙だけの付き合いになっていたのに、待ち合わせ場所で久し振りに会った彼女は少しも変わっていなくて、手を取り合って再会を喜んだ。

仕事柄結婚相手は医者という彼女と、作業服を着て働くサラリーマンと結婚した私。環境は違っても、私たちの付き合いには全く差し支えなく、十数年振りだというのに、昔のままの「ちゃん付け」で、長い期間を埋めるように話をした。

ふたりとも長い間働いていたせいか、主婦業の長い友達とは違った物の見方をするようで、退職しているのに仕事の話が多く、お洒落《しゃれ》にお金を掛けるよりは何か趣味を持ちたいとか、なかなか馴染《なじ》めない義理の両親たちとの付き合いについて悩みを打ち明け合った。

改めて「私たち親友だよね」なんて言う必要もなく、電話の第一声で「何かあったんだな」と分かるほど、ふたりには目に見えない絆《きずな》がある。

穏やかだけれど芯が強く、自分をしっかり持っている彼女は、押しつけるわけではないが適格なアドバイスをしてくれる。いちいち「これは内緒だけど」と言わなくても、ちゃんと言いたいことを理解してくれる。だから安心して話すことができる。そして、そんな彼女だからこそ「なんでも話してよ」と聞く耳を持つこともできる。

せっかく何時《いつ》でも会える距離だったのに、結婚後一年近くで彼女は引っ越してしまった。ご主人が実家の近くの病院に転勤希望を出したため、車で六時間ほどかかる遠い町に住むことになってしまった。

引っ越しが決まったときにすぐに電話を掛けてきて「行きたくないんだ、本当は」と声を落として言う彼女に、何も言葉を掛けられなかった。

引っ越す前に会ったときに、彼女も私も大好きな猫グッズを探し、可愛《かわい》い顔の招き猫を見つけたので、猫模様のレターセットと一緒にプレゼントした。「ご主人がいいと言ったら、玄関に飾ってよ。晶子ちゃんにいい友達と福だけが来るように」と言うと、ちょっと泣きそうな顔をくしゃりと笑顔に変えて頷《うなず》き、「大切にするよ」と応《こた》えてくれた。

ご主人だけが頼りの、詮索《せんさく》好きな人達の多い小さな町にいると、時々気が滅入《めい》ってしまうようで、「何かが違うんだよね、札幌とは」と愚痴をこぼす。それでも中途半端なことが嫌いな彼女は、「でも、考え方次第だよね。余計なことは考えないで、いろんなことに挑戦しようと思うんだ」と前向きに気持ちを切り替えては、「今度、英会話を習い始めたんだよ」などと、明るい声を聞かせてくれる。

彼女には申し訳ないけれど、離れている分、前よりも仲良くなれたような気がする。と言うのは、近くにいれば「何時でも会える」という馴れ合いから、かえって連絡を取る回数が少なかったように思う。それが離れているせいで、手紙と電話のやり取りは、中身の濃いものになっている。

信頼するための特別なエピソードはみつからない。けれど、どんなに嫌なことでも、恥ずかしいことでも、『受け止めてくれる』という安心感から話すことができる。彼女と向き合う自分は、飾ることもなく、気負うこともなく、ありのままの私でいられる。

今年の春、電話をしていたとき、「覚えているかな？　天使短大の校庭で遊んだこと」という私の問い掛けに、初めは「うーん、どんな所だったっけ？」と言った彼女に、「真っ青な空と、緑の芝生と、白い校舎と、タンポポやしろつめ草の花輪」と言うと、「あっ、そうなんだ、あれが天使短大だったんだ」と弾む返事が返ってきた。

「本当は、部外者立ち入り禁止だったんだよね、きっと。でも、短大のお姉さんたちが一緒に花輪を作ってくれたこともあって……。すごくいい天気なのに、校舎の陰が涼しくて、フカフカの芝生に座り込んで、ずっと花輪を作っていたこと、この季節になると必ず思い出す。一番好きな季節で、一番好きな場所なんだ」と言うと、

「そうなんだ。私もいつも思い出していたよ。でも、あれがどこだったのか分からなくて。空と芝生と花輪とまきこちゃんと私、絵のように記憶に残っているんだ。そうかあ、天使短大だったんだ。一番好きな遊び場だったよ」。

二人の共通点がまた増えた。たぶん曇っていた日もあったはずなのに、記憶の中ではあくまでも抜けるような青空と、小さい私たちのふくらはぎまで隠れる芝生、白や黄色の花輪を首に掛けて遊んだことは、絵本の一ページのように綺麗《きれい》なまま蘇《よみがえ》る。

「子供って無邪気なだけじゃないけど、でも、あの場所には天使が降りてきていたよね」と言うと、「本当にそんな気がするね。だけど、変わっていない、そう思う

よ。いろんなことを覚えて、賢くもずるくもなっているけど、それでも一番好きな場所が同じあの校庭だって言うのは、すごく嬉《うれ》しいことだよね」そう応えてくれた。

大きな出来事もなく、改めて書くほどのことは何もないのに、それでも「本当に信用、信頼できる人がいる」という事実は、私の普段の生活を支えてくれているし、励みにもなっている。

水晶のように透明な心の晶子ちゃんは、間違いなく私にとって「本当に信用できる人」だと言える。

本当に信用できる夏目漱石

田村《たむら》明子《あきこ》
（山口県　58歳）

夏目漱石には勿論出会ったことはない。けれども一番信用しています。彼が笹川臨風《りんぷう》に書いた手紙を引用します。

「拝啓、其後《そのご》は御無沙汰を致しました。たしか去年の事と思いますが、あなたは私に何か書いてくれと云《い》われました。其時私は傑作が出来たら上げましょうと答えました。傑作は勿論出来ませんが約束を履行しようと思ってあれから一枚書いたのです。然《しか》し拙《つたな》いので上げる気にもなれないので其儘《そのまま》にして置いたのです。此間《このあいだ》病気をした時に御見舞いを頂いた後、私は永らく寝ていました。起きてから十日目頃に今迄《まで》頼まれた書を諸方へ送ろうと思って一度に片付けました。約束は十五、六枚あったでしょう。其内《そのうち》去る人の白寿の詩に次韻したものを注文で書く義務があったのですが外のものはまあ好い加減に胡麻化《ごまか》したのですが其一枚が何《ど》う書き直しても書けない為《ため》とうとう大変な時間を潰して仕舞《しまい》に腰がいたくなりました。今御贈りする五絶は其時序と云えば失礼ですがまあ序に書いたのです。無論予約の通り傑作とは参りませんが何だか差し上げないと気が済まんから御笑覧に供します。私は多病でいつ死ぬか分からない人間ですがもし生きていればもっと旨くなって貴兄に御満足の行くようなものを書き直してあげて前債を償いたいと思っていますがいつ死ぬか分かりませんから拙くてもまあ是《これ》を差し上げて置く事にします。どうか御納め下さい。

夏目金之助

臨風学兄座下

」

死の二年前の手紙。漱石は多忙の日々、加えて多病というのも事実でした。新聞の連載小説も入院のため中止されたりという状況の中、「傑作が出来たら」等言えば守らなくてもよさそうな言葉です。文中の〝いつ死ぬか分からない〟は二度繰り返されてもいます。文中に漂うその律義さに脱帽します。

「是非とも〇〇致します」

「必ず△△を実現します」

と何度も公言して決して守られない事象にすっかり慣れてしまった毎日です。今更のように言葉の重みを漱石によって思い知らされました。

漱石は決して順風満帆の生涯ではなかったようです。生後すぐに里子に出され、再び養子に出された為、穏やかな幼年期ではなく、嘘や偽善の中で生かされたようです。そんな境遇から逆に嘘や偽善を極端に避けるようになったのでしょう。約束を誠実に守るという人の中には過去において自身がそれを破られたという苦い体験をもっているケースが少なくないと考えています。漱石についても裏切られたという「銀時計事件」というものがありました。

漱石は二十歳の時、長兄次兄を相次いで結核で亡くしています。漱石は次兄から銀時計を貰い受けることになっていたのです。次兄との約束は周知のことだったのです。しかし銀時計は漱石の目の前で、当然の如く、伯父なる人の手に渡されたのです。次兄の死後、十日間待った（漱石はこう書き記しています）漱石でしたが、その席で、彼の約束を履行しようとする人は誰もおらず、漱石には誰も目もくれなかったそうです。こうして次兄との約束は周囲の人々により無残に破棄させられてしまいました。

さて、漱石と長兄との約束に移ります。漱石は、

「長兄の臨終の言葉『勉強するのだよ』を、自分は形見のように大事にしている」と書いていています。実際漱石は真面目に勉強し、第一高等学校、大学とも首席で卒業していますし、ロンドン留学中には生活費を切り詰めて買い込んだ本の山に囲まれ（漱石の言葉によれば）〝異様の熱魂〟を傾けてノートづくりに励んだようです。

他から一方的に裏切られても漱石からは約束を決して破棄することなく忠誠に尽くしたという点では、漱石は悲劇の人になってしまいましょうが、漱石はもう一歩高い段階にあったようです。漱石の晩年（四十七歳で晩年とは言えぬでしょうが四十八歳で亡くなっていますので）に武者小路実篤に宛てた手紙の引用です。実篤が誰かに一方的に不利を被り、漱石に相談したその返信書簡です。

「……私もあなたと同じ性格があるので、こんな事によく気を悩ませたり、気を腐らしたりしました。然しこんな事はいつ迄経っても続々出て来て際限がないので、近頃は出来る丈《だけ》それらに超越する工夫をして居ります。私は随分人から悪口やら誹《ひ》謗《ぼう》を受けました。

然し私は黙然としていました。『猫』を書いた時、多くの人は翻案か又は方々から盗んだものを並べたてたのだと解釈しました。そんな主意を発表した者さえあり

ます。

武者小路さん、気に入らない事、癪《しゃく》に障る事、憤慨すべき事は塵芥《ちりあくた》の如く沢山あります。それを清める事は人間の力で出来ません。それと戦うよりもそれを許す事が人間として立派なものならば、出来る丈そちらの方の修養をお互いにしたいと思いますが、どうでしょう。私は年に合わせて気の若い方ですが、近年漸《ようや》くそっちの方角に足を向け出しました。時勢は私より先に立っています。あなたがそちらへ目をつけるようになるのは今の私よりもずっと若い時分の事だろうと信じます。

以上」

漱石は、事に当面した時に内にとぐろを巻くタイプと語っています。外に発散するタイプであればストレスで胃を病むことはなかったと思われます。人間社会には憤慨すべき事が沢山あるのが常とするなら戦って漱石のように潔く砕けるか、私のようにあきらめて泥沼と同じ色に染まってしまうかしかないのでしょうが、やはり百年経っても潔い漱石だけが残り、泥沼に警告を発しているわけです。

百年前、漱石は三十三歳でロンドン留学直前でした。百年といえば大変短く、せいぜい一代か二代が打ち過ぎるばかりです。最後に、漱石が百代の後の人たちに迄影響を及ぼそうとした気迫を感じる手紙の引用です。

「……只《ただ》眼前に汲々《きゅうきゅう》たるが故に進む能《あた》はず。此の如きは博士にならざるを苦にし、教授にならざるを苦にすると一般なり。百年の後、百の博士は土と化し、千の教授も泥と変ずべし。余は吾文を以て百代の後に伝へんと欲するの野心家なり」

信用ならない私を今もなお、千円札の中から警告し、影響を及ぼそうとしているようなものです。ペンの威力を今さらの如く思い知らされています。

『約束を履行しようと』『注文されたから書く義務がある』『何だか気が済まん』『前債を償うつもり』等々、重病の中にあっても奮闘した漱石こそ本当に信用できる人と言えるのではないでしょうか。

信用できる人は嫁

天川《あまかわ》　葉子《ようこ》
（東京都　67歳）

ある春の昼さがり、表に車が止まると、やがて男の人が二人「ごめん下さい」と入って来た。目の鋭い四十歳位の方が「お宅に何か変わった事は、ありませんか？」と聞いた。「え？　変わった事って……別に。どちら様でしょうか」「警察の者ですが、お金がなくなっている筈《はず》ですよ」「そう、えーと、そういえばおかしいなあと、思う事はありましたが」と私が答えると、「盗《と》られていますよ、今後気をつけて下さい。一応、被害届を出して下さい」と紙を一枚出した。署名をして表まで送っていくと、止まっている車の中には、二人の男にはさまれて、うつむいている男が乗っていた。後で考えてみると、その男が泥棒で、現場検証のため連れてこられたのではないかと思った。なんだかゾーっとした。刑事の話では、葛飾を荒らす手配△号で、そこここを荒らした揚げ句の逮捕だった様だ。盗られたのがすぐわからないのは、それがねらいのやり口で財布ごと盗むとすぐ発覚するので、中味から何枚かを抜いていく。わかるまでの間に逃亡する訳だ。もしくは、私のようにそのままわからなければ、思うつぼだ。

本当に迂闊《うかつ》だった。人に言われて初めて盗られたのがわかるなんて……。もう二、三カ月も前の事になるだろうか。なんだか今月は、それほど買い物もしないのにお金が減っているなあ……とは感じた。こういう時、家計簿でもつけていればすぐにわかるのだろうが、日頃から出るものは出るさなどとたかをくくる性《しよう》だから、こういう事になるのだ。

私の家の造りが、前と後ろが道路に向いていて、いつも開け放して風通しがいいのが好きなのと、当時は孫も小さく、外へ一寸《ちよつと》出たすきを狙われたのかも知れない。座敷に上がって財布からゆうゆうお金を盗る様子を想像したら心の底から怖くなった。

それ以上に、深く反省したのは、変だなあと思った時、一瞬、息子のお嫁さんの事が頭をよぎって、何かの事で一時借りたのかな？　と思った事だった。もし、刑事の訪問がなければ、こんな事は聞きづらい事だし、そのままになってしまって、わだかまりのもととなったかも知れない。それ以上に、わが家に嫁いで十年ほどの間、しっかり家事や育児もやりこなし、私が一番信用している彼女を損なうことになるところだった。本当に申し訳ない思いで一杯になり、今後は、もうどんな時でも彼女を信用して行こうという思いを強く持った。おつかいを頼むと、お釣りがたとえ十円でもレシートと一緒にきちんと返す彼女に、時には、水臭いなあ……などと思っていた私なのに、一寸した事で心が揺れ動いて信頼の絆が断ち切れるところだった。

彼女は埼玉でも草深い方で育ち、裏山へ出ては、友達と思う存分遊び、母が病気になってからは、弟達に母代わりの世話もしたという堅実派で、結婚式の前に見た写真に、弟を両脇にかかえ、広い野原に立ち、吹く風に髪をなびかせているのがあって、その様子がとても愛情溢れていて彼女のプロフィールがわかる気がした。この人なら信頼して家を任せられると思った。思った通り私達二人の価値観は同じで、何か事が起こった時、一致団結して、解決できるよい仲間となれた。孫達も、こういう母親に育てられて、素直で若竹のような感性を持ち、しかも質実な子になってくれた。私もお手伝いはしたが、これも彼女のお陰で、孫は私の生き甲斐だ。

信用とは、主として金銭関係で使われる場合が多いが、本来は人間の真性に依《よ》るところを言うのだと思う。彼女の真性は正《まさ》に信じるに足るものだ。もう一つ私が彼女に頼り、信じていいと思っている事がある。

それは、私の老後の事である。彼女は、結婚する前に母を亡くしているが、その面倒を実によくしているので、私も……と期待しているのだ。

死ぬ時は、あまり周りに面倒をかけずに逝きたいと思うが、これだけは、どうにもならないので、心ならずも世話になる事もあるだろう。ある程度の蓄えを、上手に活かして、老後を見てもらうには、余程、信用できる相手でないと、惨《みじ》めな結果になると思う。彼女こそ最適な後事を託せる人とするのは、私の勝手だろうか。

孫達が寝た後、息子の帰りを待つ間、よく二人でお茶を飲む。彼女のお母さんの最後の時の言葉は、「もう終わりだね……」と死を覚悟してのもので、本当につらかった、という彼女の話に、そんな修羅場を経験したからこそ、現在の彼女があるのだと思った。地方の事とて、土地はあっても現金は少なく、経済面でも大変だったと言う。

種々な話を聞くにつけ、人が一生を終えるのは、なかなか大変なことで、立派な口はきけないが、なるべく迷惑をかけないようにして、心を決めておかねばと思う。

そして、その後の事は、彼女のような信用できる人がいれば安心である。わが息子ながら、息子の方が、まだまだ他人に騙《だま》されやすく、安心できない。私には二人の孫もいるし、二人ともお母さんに協力して、しっかりわが家を支えていってくれると思うとなおさら安心だ。

今夜も、みんな揃って夕食を囲みながら、笑い声の絶えない家族を見て、信頼できる者がいる事の幸せを、深く味わっている。

信用する人との別れ

青木《あおき》利典《としのり》（新潟県　24歳）

私が本当に信用できる人。それは以前勤めていた会社の部長である。私の前の会社は、材木の卸売問屋だった。材木や新建材を、小売店や工務店に卸すのが主な仕事で、私は新建材を扱う建材部に所属していた。建材部の人員は、私を含めて九名であった。

私は大学卒業後の、平成十年四月に入社し、平成十二年三月に退社している。材木業界というのは、とても前時代的なところであった。必要以上に上下関係が厳しいのである。また社内の若手社員の間では、大卒組と高卒組の間の溝が深かった。たとえば、入社五年目で高卒の先輩と、入社二年目で大卒の後輩がいたとする。そうすると歳はたいして変わらず、大卒と高卒では初任給が違うため給料もほとんど同じになってしまう。先輩としては面白くないのであろう。何かにつけ威張りちらし、露骨にいびったりする。しかし後輩も、歳の変わらない人間にそのような態度をとられては黙っていない。対立は深まっていく。あまり働きやすい環境ではなかった。

私は総合職で入社し、建材部へ配属されたが、すでに営業の人員は足りていたため、もっぱら雑用をこなす日々であった。そんな状況の私のことを、上司の部長は常に気に掛けてくれていた。私はよく部長と二人でトラックに乗り、建築現場や小売店に配達に行くことがあった。普段事務所ではゆっくり話す時間もなかったが、トラックの中では公私にわたっていろいろな話をした。

本来、部長は事務所にいるべきなのだが、この部長はデスクワークが大嫌い。何かと理由をつけては、私の配達に一緒についていこうとする。配達の量が多いからとか、あそこの客にちょっと話があるから、といった具合である。しかし配達の量が多いからと二人で行っても、要する時間はたいして変わらず、客の所へ行っても、たいした話はしないのであった。部長にとって配達は単なる息抜きなのだが、いつも私を伴ってくれるのが嬉しかった。

私も心得たもので、部長が客からのクレーム処理などで辟易《へきえき》しているときは、

「今から配達行くんですけど、件数が多いから戻るの遅くなりそうです」

などと声をかける。

「そうか。じゃあオレも行こうか」

「お願いします」

こんなやりとりが、何度あったことだろうか。


「おまえ、彼女できたか」

ある日のトラックの中で、部長が私に尋ねる。

「いえ」

「おまえは、婿養子タイプだな。婿に行け」

唐突に結婚の話が出た。しかも婿に行けという。

「相手がカワイくて、金持ってる家なら行ってもいいですけど」

「今はまだ早いけど、もう何年か経ったらオレがいいとこと見合いさせてやる。ウチの客で跡継ぎがいない材木屋がけっこうあるんだよ。相手は器量が悪くていいんだぞ。そのほうが多少浮気しても、周りが許してくれるから」

「だけど材木屋へ婿に行ったら、会社辞めてそっちで働くことになりますよ」

「いいんだよ。おまえが幸せになれば」

部長は会社の発展よりも、私たち社員一人ひとりの幸福を優先して考えてくれているのだな、と思った。

「政略結婚だから。婿入り先でおまえがウチの会社からいっぱい買うんだよ」

と部長は冗談めかした。

夏休みも間近にせまったある日のトラックの中で、

「おまえ、休みに実家に帰るのにお土産何か買ってくのか」

「いえ、めんどうだから何も」

「ばかやろう。何言ってんだ。何か持ってけよ。そうだ、落花生にしろ。このへんは落花生の産地だし、高いもんじゃないから。帰りに買って行こう。オレが選んでやる。輸入物を国産ていって売ってるのも多いからな。輸入のは見た目はきれいだけどまずいんだよ」

途中でスーパーマーケットに寄っていき、

「おお、これがいいな。これ三つぐらい買えよ」

「はい」

まったく恐縮してしまう。

またあるとき、私が車を買うつもりだと言ったら、

「新車なんか絶対買うなよ。二十万くらいので充分だ。買う前に一度オレに報告しろ」

と言われた。もともと安い中古車を買うつもりだった私は、契約を結ぶ前に部長に、車種、値段、年式、走行距離、ローンの返済方法などを説明した。

「まあいいんじゃねえか。買ったらオレに見せろよ」

と言われた。

社内の同期の人間にこのことを話したら、

「何でそんなことまでとやかく言われなきゃいけないの。おかしいんじゃないの」

と言っていたが、私は部長にプライベートに踏み入ったことまで言われても、嫌な感じはなかった。そこまでかまってくれるのが、むしろ嬉しいぐらいであった。私は、部長のような親分肌の人は初めてだった。部長は社内でも、取引先の客の間でも、最も信頼されている人だった。そんな人にめぐり会え、共に働くことができるのは幸運だと思った。

私は部長が好きだったが、会社そのもの、仕事そのものは好きにはなれなかった。

私の置かれたポジションは曖昧で、いつ雑用係から次へ進めるのか、まったく先は見えなかった。部長は私を早く営業に出すようにと、営業面の再編成をしようとしたが、どうしても雑用係は必要で、それは私以外にいなかった。

入社して二年目くらいから、会社を辞めることを考えない日はなかった。毎日悩んでいた。いくら考え、人に相談しても、私の気持ちは晴れなかった。我慢していればそのうち道は開けるよと言われても、いつまで我慢して、いつになったら自分のやりたいようにできるのか。私は会社を辞めようと決心した。

だが部長には言いづらい。部長は私のことを大切にしてくれていたし、私もそれに応え、全幅の信頼を置いていた。私たちの間には、師弟関係のような、とても良好な気持ちのつながりがあった。私が会社を辞めるのは、部長を悲しませることになるだろうと思った。それでも、その会社でやっていくのは嫌だった。

部長に言おうと思っても、言い出せない日々が一カ月は続いた。ある日の夕方、私は意を決して部長に会社を辞めたいと言った。

部長は、

「ちょっとゆっくり話そう」

と言って私を近所のそば屋へ連れて行った。そこで部長は熱燗を注文した。

「何でやめるんだ。次の仕事は決まってるのか」

　私は決まっていると言った。具体的な仕事の内容も話した。そのころ私は学生時代の先輩からある仕事のさそいを受けており、そこへ行くつもりはなかったが、その話をした。話にリアリティーを持たせるためだった。何のあてもなく、ただ辞めると本当のことを言えば、説得されて押しきられてしまうだろうと思ったからだ。

「そこまで決まってるならしょうがない。仕事が、会社が嫌だってわけじゃあないんだろう」

　部長がじっと私を見据えて問う。本当はそうなのだが、

「はい、それは違います。ほかの仕事をやりたいんです」

　と答えた。

　とても重い空気だった。私たちは言葉少なに酒を飲んだ。いくら飲んでも酔えなかった。酔っぱらって楽になりたかった。何本の銚子を空けたのか、どのくらい時間が経ったのか、よくわからなかった。

「おまえには、何もしてやれなかった」

　部長が、ポツリと呟くように言った。

「いいえ、そんなことありません」

私はそれしか言えなかった。私が部長に寄せる信頼と感謝。目をかけてもらいながら、去って行くことに対する申し訳なさ。部長と別れることの寂しさ。その渦巻く感情を、言い表わす言葉が見つからなかった。それに何か言うと、こらえている涙が落ちそうだった。涙をこらえるのに必死で、何も喋れなかった。

店員に閉店時間を告げられ、私たちは店を後にした。

部長はたぶん、私がほかの仕事につくという話は、嘘だとわかっていただろうと思う。本当は仕事が嫌なのだ、ということに気が付いていたと思う。しかし私が、会社や仕事に対する不満を何一つ言わなかったため、その態度を潔しとして、私のことを送り出してくれたのだろう。何の根拠もないが、なぜか今はそう確信している。

人と人とのつながりが希薄になっている今の時代において、私が部長と共に働いた二年間というのは、たいへん貴重なものだったと思う。この二年間は私にとって誇りである。そして、これからの私という人間が形成されていく上で、大きな糧《かて》となるだろう。今後どのような職場で働いても、部長のような人に出会うことはないのではないかと思う。

伝え聞くところによると、部長は今でも私の近況などを、私と親しかった者に尋ねることがあるという。私は気軽に連絡をとる気にはなれないが、いつか部長と再会できることを願っている。

あの、そば屋で過ごした濃密な数時間は、決して忘れることのない情景として、私の中に刻み込まれている。

II

むかしこんなスゴイ友がいた

兼《かね》光《みつ》恵《けい》二《じ》郎《ろう》
（大阪府　78歳）

〝地獄は軍隊の中にあった〟。砲煙轟《とどろ》き、死と向き合った流血惨鼻《さんび》の戦場のみが軍隊の地獄と想像はしていたが、直接戦場とは無縁の日々の中に意外にも命を削る血みどろの無法が敵ならぬ同邦の私達初年兵の頭上に襲いかかろうとは、入隊するまで夢想もしなかったことで、日本最強、いや世界最強と豪語する関東軍のそれが内務班のおぞましい現実であった。

歩いても走っても人間の生きている機能を殊更《ことさら》に槍玉にあげて、なぐる蹴るというまるで野獣が荒れ狂うような凄惨な毎日が繰り返される兵営の日常となった。自殺、逃亡が頻発し、全初年兵が発狂寸前のいわゆる強度の〝軍隊ぼけ〟になって自分を失った。私的制裁禁止の命令が全部隊に発令されたが効なく、裏に廻って寧《むし》ろ拍車をかけた形になった。逆境の窮地の立った初年兵は心身共に疲労困憊して強兵になるより前に人間としての矜恃《きょうじ》を失った。

私自身も重い脚気《かっけ》を患っていた最中の入隊という肉体的な苦痛に加えての走れ走れの演習は〝いつ死ぬかいつ死ぬか〟の危険を胎《はら》み、歩兵でありながら満足に歩けぬ駄馬になり下がって古兵からの格好のいじめの対象となった。もう駄目だ駄目だといっそ死を思いつめたこともあったが、その都度《つど》佐藤という一人の同年兵の存在が私を救った。なぐられ蹴られは他の初年兵と同じだが彼一人のみは泣きも悲鳴も一切あげはしなかった。帯剣や鋲《びょう》の出ている革底の下履きで思い切りやられて顔が変形しても表情は変わらなかった。

ある日曜日に古兵の殆どが外出してしまったが、残された初年兵はさりとてのんびり構えてはいられなかった。使役や洗濯や飯上げ等々に加えて、外出できなかった残留の古兵は平日より一層いじめに専念した。私は佐藤を誘って下士官室の掃除に走った。二人切りになって雑巾《ぞうきん》をしぼりながらはじめて「私語」をしゃべった。同じ兵舎に住んでいても〝俺、お前〟で語り合う余裕も機会もなかったし、古兵監視の中では個人の話は私的制裁の的になった。彼は岡山から十七歳の時に満州（中国東北部）・旅順にいる伯父を頼って単身渡満し、当時バス代わりに馬車屋というのをはじめ、二十歳にして十台近くの馬車を使って事業を成功させていた。大人の風格を持った彼の逆境にめげない自然体はこうした経歴を踏んで培われた器量であったようだ。そんな彼とは妙にウマが合った。話せば話すほど共に頑張ろうと励まし合って私自身にも自然に勇気が湧いてきて、今日は有益な日曜日だったと感謝した。

さて佐藤とは一体どんな男だったのか。いつどんな時でも物に動じず常に自然体を持ち続けた同じ二十一歳のこの初年兵は、到底私ごときの及びもつかぬ体験と独自な人生観を持って地獄を生き続けた。

満州最北端で零下四十度という酷寒の中での演習が毎日のように続けられたがある日、演習の途中で〝アッ！　銃口蓋を落としたッ！〟と絶叫に近い悲鳴をあげた一人の初年兵がいた。兵器は軍人の魂として命の次に重きをおかれた。その兵器の紛失は到底只事《ただごと》ではおさまらなかった。班長と助手が息せき切って走ってきてその初年兵を犬ころのように蹴り飛ばし、「探せッ、見付かるまでは帰営は許さんぞ」とどなって二人は演習を中止して兵隊を置いたまま営舎へ走り去った。演習がはじまったのが午前中だったので、それまでに広野を走り廻った距離は延べにして相当なものだったから、その広野で数センチにしかならない小さな金属を探しあてることはどう考えても不可能に近かった。みなは空腹と寒さと、もし探せなくて帰営したあとの古兵達のリンチの恐ろしさを思えば絶望感に打ちひしがれて、ただうつむいて黙りこむだけであった。その時佐藤が思い切りどなった。

「さあー男なら根性を見せろ、はじめからあきらめていたんでは探せないぞ。そうなれば古兵からどんな目にあうか、兎《と》に角《かく》みなで命がけで探そう」寒風をつんざくような佐藤の声に生き返ったように初年兵達は広野での奇跡を願った。日がとっぷり暮れて状況は更に悪化していた。まるで夢遊病者みたいな異様な行列であった。何時間たっただろうか、突然「あったッ！」と一人の初年兵のふりしぼるような絶叫にみなは飛び上がるようにして、その声のもとに走り寄った。小さい金属は高々と上げた手の中で白くぴかぴか光っていたが、みなは互いに頭を叩き抱き合って子供のように号泣した。到底考えられない奇跡であった。そこだけが白い雪の中に何枚か黒ずんだ叢《くさむら》の上にあった。もし佐藤がいなかったらどうせ駄目だと無謀な捜索を止《や》めていたに違いなかった。そんな初年兵達を一列横隊に並ばせ「頑張れッ！」と一人で激励し続けたこの男の存在なくしては、この奇跡は絶対に起こらなかっただろう。

手ぐすね引いて待ち構えていた古兵達はまるで手品のように眼前に現われた小さな銃口蓋に呆然《ぼうぜん》と立ちすくんだ。

初年兵は餓鬼《がき》であった。高麗鼠《こまねずみ》のように一日中走り廻った揚げ句の空腹はアルミ食器一膳の飯では及びつかなかった。厩《うまや》に夜忍びこんで馬糧の豆粕をむさぼり食って例外なく猛烈な下痢に悩まされる初年兵が多かった。下痢をした奴は容赦なく古兵の餌食《えじき》になった。不寝番に立った兵隊は豚の残飯を食って自らも豚になり下がった。

そんな絶頂期のある演習のとき、僅かな休憩の間を盗んで佐藤は脱兎の如く近くの満人民家に走りこんだ。雑嚢《ざつのう》の中に買い求めた高粱《コーリヤン》の饅頭を押しこんで列の中に帰ってきた。もし見付かれば最悪の営倉ものであった。食べ物に弱い兵隊は最も愚劣とさげすまれて容赦なく処罰された。その夜寝静まった各初年兵のベッドに佐藤は饅頭を配って歩いた。

初年兵にとっては正に旱天《かんてん》の慈雨に違いなかった。銃口蓋といい高粱の饅頭といい彼は自らを捨ててでも同年兵を助けた。

何人目かの初年兵の逃亡が起こり全隊あげての捜索の結果、ソ連へ続くツンドラ地帯で凍傷にかかって死亡しているのが発見された。

これまでは公開されず秘密裡に処理されていたが、今回は見せしめのためという非情さから営庭に犬ころのように放置されていた。皆は遠まきにして見て見ぬ振りをしていたがその中から突然「ワアー」という泣き声が起こり、その主はまぎれもなく佐藤だった。友の死を悲しみ誰はばからず大泣きする悲痛な彼の姿があった。しかしそれは軍にとっては以《もっ》てのほかの行動であった。自殺や逃亡は犬畜生に劣る国賊とみなされ手を合わせることも禁ぜられた。その国賊の死に対して弔《とむら》いの涙をこれほどはっきり見せたことは、軍隊の処置に対する反逆と決めつけられる大胆不敵な態度であった。驚いて士官達がかけよったが、佐藤は委細構わず大声で泣くことを止めなかった。〝友の死を嘆くのがどうして不可《いけ》ないのだ〟と躰《からだ》いっぱいに堂々と主張する彼の姿は鬼気迫るものがあった。

彼が初年兵時代に見せたこうした逸話は数限りなくあった。共同責任による蟬の木登りや対向ビンタ等々の見世物的私刑にも皆は泣きじゃくり、頭を地べたにすりつけて古兵に憐《あわ》れみを乞うたが、彼一人だけはこの屈辱に臆することなく平素と何等変わらなかったし、行軍中にへばった友の銃や背嚢を持って歩き続けたのもいつも彼だった。いやがらせで古兵に帯剣の鞘《さや》を厠《かわや》に放りこまれた友と一緒になって起床前の厠でその鞘を探し廻った。限りない自己犠牲は一体どこからきたものなのか。到底私達の真似のできない行為であった。初年兵を終えた時彼は一選抜上等兵に進級し、新しい初年兵の教育助教に任命された。それは学校におけるクラス委員に抜擢されたような昇格であった。

やがて朝鮮の航空教育隊に転属を命ぜられ辛《から》くも地獄を脱出した私を、その出発の日に教え子の初年兵達を引率して兵営の外で「頭《かしら》、右ッ！」と見送ってくれた彼は、「お前は少しでも日本に近い処《ところ》へ行くんだから命は大丈夫だろうが、残留の俺はきっと此処《ここ》で死ぬことになるだろう。しっかり生きろよ、俺の代わりにも」と私の肩を抱きながら泣いた。そして私も大声で泣いた。

航空隊に移って半年後に佐藤や私のいた原隊がソ連攻撃の第一線の矢面《やおもて》に立たされて全滅したと聞かされた。佐藤は死んだのか、或《あ》るいは抑留されたのか今も判らない。

しかし七十八年生きてきてこれまでに一番信頼できる人を挙げよと言われれば、私はいの一番に佐藤の名を挙げることにいささかも躊躇しない。これまでの私の人生で落ち込んだり、不安を感じたり、泥にまみれたりした不遇の時、こんな時もし佐藤ならどうしただろうと必ず問いかけ、更なる勇気をとり戻させてくれた恩人でもあった。

二十一歳という若さでどうしてあれだけの人間形成ができたのか永遠の謎であると同時に、同じこの世でこんな男に巡り会えた身の幸せをしみじみと今でも噛みしめている。

逢いたい、何とかしてもう一度彼に逢いたいと八方手をつくしたが駄目であった。私が死ぬ時がきたら、一番心にかかるのは佐藤にとうとう逢えなかったことになるだろう。

人生で心から信頼できる一人の男に逢えた私は、考えようによれば幸福であったと思えるのである。

棒

杉野《すぎの》あかり
（大阪府　23歳）

「友達」と呼びにくい「友達」がいる。

人生の中で「友達」とひとくくりにできない人間に初めて出会ったのは十六歳の時だった。

私の中学生活はほとんど言語のないものだった。少人数の友達と話すことはあっても、それ以外は口をひらかなかった。まわりはそんな私を「暗い」「真面目」と評した。一年生の時、クラスでたった一人いた友達が入院した。それからというもの私は休み時間にすることがなくなり、人気《ひとけ》のない廊下の窓から外を眺めて十分間をつぶした。今でもふと遠くを見ると、しばらくその一点から目が離せなくなることがある。焦点が絞り込まれた先の一点を見据えてしまうのだ。そしてそれは私の頭をからっぽにしてくれる。そんな日々の中、私は高校進学について真剣に考えた。こんな日々の延長が予測される地元の高校に進む気にはどうしてもなれなかった。三年生になってすぐ、母の知人が島根県に全寮制の一風変わった高校があることを教えてくれた。早速、母と二人で島根県のその高校まで見学に行った。赤い屋根に白い壁の校舎は、私の持っていた学校の校舎のイメージを一変させた。学校の敷地内にある寮の周りを散歩していると、なぜかあひるが歩いていた。くちばしの黄色が鮮やかなあひるだった。私は啞然《あぜん》として母と顔を見合わせた。あひるは悠然と、寮の裏に広がる畑をバックに歩き続けていた。

「この学校に決めた」

私は母にそう言った。それから私は猛勉強し、中学校中の誰よりも早く、十一月の終わりにその高校に合格した。私は十六歳で親元を離れることになった。

意気揚々と乗り込んだはずだったが、私は入学して二日目で学校のトイレで泣いていた。汲み取り式のひどく狭いトイレの個室で声を殺して泣いた。寮の部屋は先輩との二人部屋で、一人になれる場所はトイレしかなかった。声を出さずに泣くことは哀しみを倍増させることをその時知った。トイレを出て鏡を見ると、頬を紅潮させた虚《うつ》ろな顔が映っていた。周りの人間に馴染めなさそうな不安と、「家」という逃げ場のなくなった不安とが重なりあって、私の涙腺を緩めさせていた。

入学して半年で、私は勝手に寮を抜け出して大阪の自宅に帰った。周囲と表面的には馴染んできていたが、内面では「ひとり」という思いにまとわりつく寂しさが渦巻いていた。家は居心地好《よ》く、何も考えないですむ場所だった。しかし、母に説得されて学校に戻った。同級生たちは「おかえり」と言って迎えてくれた。でも私はうつむいたままだった。中学校でまともな人間関係を築いてこなかった私は、他人にどう対処していくかの術《すべ》を持っていなかった。そのことが私の顔を強張《こわば》らせ、また、「ひとり」という不安を大きくしていた。

時がたつにつれて、私は「環境」には馴染んでいった。「こえくみ」も「田植え」も初めての体験だった。こえくみは二人一組で棒にかけたバケツをかついで、寮の前にある梅林にまいた。土に沈んでいく液状のこえを見た時、自分の体から出たものの行く末が私の中にジワジワと染み込んできた。田植えは楽しかったが、その後の草取りが大変だった。炎天下、ひたすら田んぼの水面と向き合いながら、生命力を誇示して生えている水草を引き抜いた。そうしていると汗がポタリと水面に落ちた。田んぼの水に自分の汗が混ざったことを強烈に意識し、わけのわからない高揚感に満たされた。そんな環境は「思考」だけだった私という人間を変えてくれた。ただ、「人間」に対して、顔の強張りはなくせても心の強張りをとくことはできなかった。

学校の周りは自然だらけだった。生徒たちは、休日には近くの日本海に泳ぎに行ったり山登りに行ったりしていた。結子はそんな活動的な同級生だった。女友達より男友達の方が多く、男子とまともに喋れない私にとっては近より難い雰囲気の人だった。授業はあまり好きそうではなかったが、体育の時間になると途端にいきいきし始めていた。結子の投げるボールは手のひらが痛くなるくらい強かった。疑問に思ったことを放っておけない性質のようで「何で？」が口癖だった。私だったらおざなりにするようなことに食い下がり、よく困らされた。期末テストの前日、寮の部屋で勉強していた私のところに結子がやってきたことがあった。結子は「数学II」の教科書の「二次関数」のページをひらいて言った。

「どうしよう、全然わからへん！」

私は、幾つかある二次関数の公式を覚えればそれなりに問題に対処していけるからとこたえた。しかし結子は納得しなかった。

「えっ、でもこの公式が何でこうなるんか知ってた方がいいやろ。公式の原理を知ってたらもっとわかりやすいやろ」

私はテストの前日に、公式の原理を他人にいちから教えられるほど余裕のある身ではなかったので、

「そんなん言ってる場合じゃないやろ！　とりあえず公式覚え！」

私は切羽《せっぱ》詰まった空気を全身から発散させて結子を追い返した。どんな状況でもひとつひとつのことに妥協なく徹底的にこだわる人だった。「こだわる」ということはエネルギーのいることのようで、結子がエネルギーを費やしているのを私はいつも傍観していた。結子は私から一歩外の離れたところで躍動している存在だった。

　二年生の冬の日だった。私のクラス全員（一学年一クラスの学校だった）は教室で話し合いをしていた。職員会議で、今まで一人の担任が同じクラスを三年間受け持っていたのが、来年から一年ごとに替わることに決まったのだった。そのことについて、クラスの誰かが生徒の意見も取り入れるべきだと言い出し、急遽《きゅうきょ》話し合いが行なわれていた。私は内心、先生たちが決定したことを今更話し合ったって無駄なのに、と思っていた。しかし自分の順番がまわってくると、色々な先生に出会えるのはいいことだと思うので一年ごとに担任を替えることは賛成だと言った。私

は極度のあがり症だったので、意見を言った後も心臓が鳴り続けていた。しばらくしたら鳴りやむはずなのに、心臓は鳴りやむどころかますます大きくなっていき、耳の奥にまでドクドクという音が聞こえ出した。次第に胸苦しくなっていき、私は顔を伏せて息を何度も吸った。

「大丈夫?」

隣りの友達の声を聞いた瞬間、私の中の緊張の糸がプッツリと切れた。私の呼吸はますます荒くなってきた。苦しくなくなるようにと息を吸っているのに、吸えば吸うほど苦しさは増した。そのうちにジンジンと手がしびれ始めて、さわらなくても指先が冷たくなっていくのがわかった。誰かが私の名前を呼んだのと、私が椅子からくずれ落ちたのは同時だった。自分の体で何が起きているのかわからないまま私は床に転がった。私が荒い息の下から悲鳴をあげそうになった時だった。誰かが私の上半身を抱き起こして、手のひらで私の口を覆った。湿っていてひどく温かい手だった。

「大丈夫やから落ち着いて」

キビキビとしていて、焦《あせ》った様子は微塵も感じさせない声だった。目をあけると結子が私の顔を見つめていた。結子の目はしっかりと私を映していて離さなかった。

その瞬間、私の心は結子を頼りきっていた。

「ゆっくり吸ってー、吐いてー」

私は結子の指示通りにした。結子の手の中で荒かった呼吸が落ち着いてきた。すると結子は初めて心配そうな顔をした。

「大丈夫？」

私は深く頷くのがやっとだった。今起こったことを受け止めるだけで頭の中がいっぱいで、礼を言うことさえ思いつかなかった。

私の症状は「過呼吸症候群（過換気症候群）」というものだった。精神的ストレスなどからくる発作で、呼吸が急に激しくなり、そのために炭酸ガスが欠乏して、脳貧血症状を起こし、どうき、めまいがして倒れてしまう病気だった。

しばらくして私の体調が落ち着いてから、結子と私は、放課後に日本海の見える展望台まで散歩に行った。

「私も過呼吸なったことあんねん」

結子は私の顔を見ずに言った。私は何もこたえなかった。結子の目はとても遠くにあった。私は「ありがとう」と言わなかった。結子はその言葉を必要としていないと思った。ただ、結子が過呼吸になったら絶対に助けようという思いがあった。

結子は私に体の重みを教えてくれた。そして私はあの時結子に助けられて、どこかからすくい上げられ、他人の存在を知った。

あの時の出来事は私という人間を支える初めての棒になった。

金沢には中道がいる

鳥《とり》海《うみ》忠《ただし》
（東京都　56歳）

中道修と私は中学の同級生だ。同じクラスだったのは一年生のときだけだが、ブラスバンド部とバレーボール部でも一緒だった。

ブラスバンドでは私はトランペット、中道はトロンボーンを吹いていた。バレーボールは当時の中学生は九人制で中道は中衛、私は後衛がポジションだった。試合にも出た。

ブラスバンドとバレーボールの両方をやっていた同級生はほかにもいたし、中道だけが私の友人ではなかったが、なぜか気が合って親しくしていた。

私は父親の転勤で東京から金沢に移り、中学の三年間と高校の一年をすごしてまた東京に戻った。中道とは高校は別になったし、その一年後には私は東京に引っ越してしまったので、本来なら中道との仲はそれっきりになり、たまに懐かしく思い出す間柄で年賀状だけのやりとりがしばらく続き、次第に疎遠になってしまうという状態でも不思議はない。

住むところは金沢と東京にわかれてしまった後も、また大学も別々だったが私は一年に一度か二度、休みのときに金沢に行き中道や他の友人達と旧交を温めた。それは就職してからも続いた。

中道は地球化学の研究者を目指していて、金沢大学の理学部から大学院に進み勉強を続けていた。研究テーマは、珊瑚《さんご》の化石の組成を分析することにより、今から何万年も前の海水の状態を明らかにするというもので、九州の南の島に滞在して調査をしているという話を聞いたことがある。

中道の研究テーマはたいへんユニークなものだったらしく、博士課程に進むときに東京大学から「うちへ来て研究しないか」という誘いがあった。そのころ金沢大学の大学院は修士課程までしかなかったので、たいへんいい話だった。東大なら研究環境もいい。中道は上京したいと思った。

だがこのとき中道はすでに結婚していて長女が生まれたばかりだった。奥さんの裕子さんは、中道の小学校の同級生で、地元の会社に勤めていた。中道は大学院生だが、奨学金を支給されアルバイトもしていた。共働き夫婦だったし、中道が学生でも金沢でなら生活することは可能だった。

だが東京でということになると一家三人生活していくメドが立たなかった。中道夫婦と赤ん坊の三人は中道の両親の家から徒歩一分という近くのアパートで暮らしていた。中道の母親が孫の面倒をみてくれた。これも東京では不可能になる。

東大からの話が助手に採用するというのなら何の問題もない。将来は助手採用という含みがあったにせよ、博士課程の大学院生という不安定な身分では、一挙に上京しますとはいえる状態ではなかったのである。

このとき中道がどう思案し、奥さんの裕子さんと相談し、両親と話し合い、また研究室の教授と問題解決のために知恵を出しあったのか、私は全く知らない。

私は民間放送のラジオ局に就職し放送記者をやっていたが、まだ独身で気楽な状況だった。そして中道からこの話を聞いたのは、結局東京に行くのはやめにすると決めてからしばらくしてのことだった。

その理由の主なものは経済的な問題だったと中道は言う。それはその通りだと私も納得できた。だが金沢・片町の中道の行きつけの小料理店でこの話を聞いたとき、ずいぶんもったいない話だと私は思った。

中道だけが上京し、妻子は金沢の中道の実家に残って、しばらくしてから東京で一緒に暮らすようにしたらどうかという話も出たそうである。みんなで何とかしようと考えた。

しかしながら結論は金沢に残るというもので、東京大学に中道が移ることはなかった。そして中道は研究者にもならなかった。金沢大学理学部大学院の修士課程を了《お》えると、地元の会社に就職した。さっき言ったように当時は金沢大学に博士課程はなかったからだ。

中道は家族を守るためにそうしたのである。中道より厳しい選択を迫られた人はいくらでもいるだろう。だが若造だった私の知りあいの中では中道が一番たいへんだった。

当時独身だった私が考えたのは、もし俺が中道だったら女房子どものために、自分の夢をあきらめることができるだろうかというものだった。私はなぜかそう思った。私には中道が妻子のために夢をあきらめたように見えたのである。

もちろん中道の妻の裕子さんがそれに唯々《いい》として従ったとは思えない。夫の夢をかなえたいと思い、そう話した筈だ。夫が仕事より自分との生活を選んでくれてうれしいと思う妻もいるだろうが、中道の妻の裕子さんはそういう性格ではない。それは私が何度か裕子さんと話をしたからよく理解できる。

これが人生というものなのかもしれないと私は考えた。ああいう女房のためなら、それも仕方のないものかもしれないとも私は思った。それにしてもよく決断できたなと私は頷くしかなかった。

私も中道も五十六歳になる。私が就職したころ、会社員の定年は多くが五十五歳だった。いまは六十歳のところが多いけれど、本来ならリタイアする年齢になった。私自身も会社をやめ、大学で若者達を相手に文章表現力の基礎を身につける手伝いをしている。私の友人達の多くも、会社員なら現場を離れたり、子会社に行かされたり、さまざまである。

この年齢になってみると、結局似たようなものだったなと自然に思えてくる。先日、私の友人で簡易裁判所の判事をしている男と話をした。彼は一年間のうちに両親と弟を亡くした。親しい家族が一年のあいだに三人も亡くなるという事態に接して、「もうどうでもいいという気がする」と私に語った。

裁判所のなかでは、簡易裁判所の判事の地位は地方裁判所、家庭裁判所の判事と差がある。扱う事件や俸給に違いがあるということだ。彼の考えでは、このまま簡裁の判事で終わるわけにはいかない。なんとかもっと出世することを考えなければならないとずっと焦ってきたというのである。

だが両親と弟の死を目のあたりにしたら、本心から出世なんかどうでもよくなってしまったというのである。いまは家族を大事にして七十歳の定年まで簡裁の判事を全《まっと》うしたいという。私はこの友人の話が身に染みて理解できた。確かにそうだと思う。

そのとき、中道はもしかしたら東京に出るのを断念したとき、むしろ積極的に家族を大切にして生きる人生とはどんなものか、やれるだけはやってみようと覚悟を決めたのではないかという思いが浮かんだ。この件では中道とあのときはどうだったんだという話をしたことはないから本当のところはわからない。

いまのところ私としては、中道と会ってもその話をするつもりはない。話はしないが、中道の思いはそうだったんだろうと私は思う。私の友人達の多くはこれまで大過なくすごしてきている。だが大過とまでいかなくても、中過あるいは小過に遭遇した者もいる。それぞれに原因はあるのだろうし、その中過、小過に巻き込まれた理由の一部は本人に帰せられるかもしれない。

だがそういったことは他人があれこれ言うべきものではないだろう。私自身が彼らに対して何ひとつ手助けできなかったのだから。

中道は大言壮語する質《たち》の人間ではない。いつもは物静かだが、一度こうだと決めるとジタバタしない。言い訳もしない。若いときから今にいたるまでこれは一貫している。いつこういう性格ができたのかと私は思う。中道とは四十年以上のつきあいになるからといって、お互いに何から何まで理解できるものではないだろうという気がする。

ただひとつだけ確かなことがある。「本当に信用できる人物」といわれたとき、ああそれは中道だなと私が思ったことだ。

私の友人は中道一人ではない。三十年、四十年とつきあってきた人間はほかにもいる。みんな信用できる者たちばかりだ。だからつきあいが続いているのだろう。それでも「本当に信用できる人物」といわれたとき、私は真っ先に中道修という名が浮かんだというわけなのである。

その理由は簡単だ。ギリギリの選択を迫られたときに、自分より他者を優先させる人間がたしかにいるということを証明してくれたからである。

地球化学の研究者になる道が開けていた。そのときに困難がふりかかってきた。中道はためらうことなく、他者を優先させた。他者といっても家族だけれど、自分以外の人間だから他者といってもいいだろうと思う。

他者を優先させるということは、若輩の私にはできなかった。私はそれをよく知っていた。私はそのことを他人にさとられないように気をつけていたが、自分の心はよくわかる。

俺は中道の真似はできないと思った。中道の奥さんの裕子さんは、やはりもの静かな性格で、なるほど金沢という街はこういう芯の強い女性を生むところなのかと私は勝手に考えたことがある。料理が上手で包容力の豊かな女性だと私には思えた。はたして俺のところには、中道の奥さんのような女性が来ることがあるのだろうかと思ったこともある。そういう私も結婚して二十年以上が経過した。子供は三人、みんな大きくなった。

中道は結婚して三十年はすぎた筈だ。お互いにまだ老けこむ年齢ではない。最近はじっくり話をする機会も昔ほど多くはない。

それでも私にとって、金沢に中道がいることは大いに心強いことなのである。何かあれば電話で意見を聞ける。電話でダメなら、いまは半日で金沢に行ける。そして本当に信用できる人物に会えばいい。私は金沢に中道がいることが何より有り難いと思うのである。

男女の仲でない男女

山本《やまもと》　緑《みどり》
（千葉県　62歳）

中学時の三年B組のクラス会は、一年毎《ごと》に東京と地元の秋田で開かれる。そこで、「安心して付き合える男なんて、全然面白くないだろ？」と言われるが、元級友、嘉明くんとの長い付き合いは、安心の一語に尽きる。

小学校、中学校と一緒で、卒業後もよく会った。年頃の彼は、恋の悩みをよく私に打ち明けた。私も年頃だったので、誤解をしてほんとは私を好きなのかなあと思ったりした。

しかし、彼の母親とバスで会った時、彼の憧れている女《ひと》は、私じゃないと分かった。

「ノリコさんに振られたのに、『いつまでも待っている』ようなことを、あの子は決心している様子でねえ。それじゃ自分にも相手にもいいことはないと、私は言うんだけれど……。あなたはいつも親身になって話を聞いてくれると、嘉明は感謝していました。ありがとう」と彼女に頭を下げられて、な～んだと自分の早合点《はやがてん》がおかしく、また嘉明くんの気持ちをもっと真面目に聞かなければと思った。

ノリコさんは中学の同級生である。私はあまり親しく付き合っていなかったが、嘉明くんは、私に橋渡しを頼みたかったのだろうか。

そういうことは苦手である。私のできることは話を聞くことぐらいだ。

彼はノリコさんが自分を好きなことを確信していて、いつか自分のもとに来ると考えている。その日をロマンチックな思いで待っているようだ。

その日が来るまで、私には嘉明くんと会うれっきとした理由ができたわけだ。嘉明くんと会っては、共にコーヒーを飲んだりビールを飲んだりしながら、彼の話すノリコさんとのオノロケや彼の憧れの気持ちを、フンフンと聞いた。

いや、ノリコさんのことは自分に対する言い訳で、私達は怪しげな赤ちょうちんで焼酎を飲んだり、球場で野球の観戦をしたり、バーのママさんと話に花を咲かせたり、結構遊びまわった。

嘉明くんと私は同じ中学校に通ったといっても、その頃はあまり言葉を交わしたことはなかった。ただ、四、五人で下校する時、野球の好きな彼が、ラジオで聞いた野球中継のまねをして、

「川上選手、赤バットで打ちました！　球はぐんぐん伸びています！」

などと道すがら話し続け、プロ野球など見たことも聞いたこともない私などは、感嘆して聞いたものだ。私の野球の知識はほとんど彼からもらった。

高校生になって或《あ》る冬、初めてのクラス会があった。農業をしている同級生の家が会場である。女子はきりたんぽをつくり、男子は雪かきをしたり会場に火鉢や七輪をおいて、準備をした。担任だった教師も呼んだ。

私達は未成年で、止めるべき教師もいるというのに、酒が一升瓶でどんどん出てきた。

「オレの酒を飲んでくれ。ヤツのは飲んでオレのは飲まないなんて言わせないべ」

などと言って、次々と男達が来る。

私は高校生でも彼達は、親が漁師だと船に乗って漁に出るし、農家だと農作業に従事し、大工や鳶《とび》職人もいて、大人だったのだ。

生まれて初めて飲む酒を、何気なく勧められるままに飲んでしまい、体がぐらぐ

らするし、畳が波のようにくねり、天井が斜めに降りたり上がったりするし……。

気が付くと、隣りの席の男に寄りかかって寝ていた。その男が嘉明くんだった。彼は動かず、じっと私を支えていてくれたらしい。

私はその日の自分の醜態をほとんど覚えていないのだが、ある人が私に告げた。

「嘉明くんが、あなたが酔っ払ったことを誰にも絶対に言うなって、あなたに恥ずかしい思いをさせるなって、みんなに口止めしたのよ。だから今まで言わなかったんだけど、ほんとに知らないの?」

私は担任だった教師と口げんかをし、男達がいるのに、シリをまくって雪の上にオシッコをし、こんな酔っ払った状態で家に帰れば叱られると泣きわめき、凍って死ぬしかないと、雪の中に座りこんで靴下を脱ぎ、服も脱ぎそうになったとか……。

男達がおかしがって大笑いの中、嘉明くんが一人、私に寄りかかられた故《ゆえ》か、私の面倒をみたという。

私をおんぶして家に連れ帰ろうとしたが、あまりに重かったので、途中で箱ぞりを借りて、それに乗せたそうだ。

何と言われても何一つ思い出せない。きっと思い出したくないのだ。自分のやったことが一つも信じられない。嘉明くんの親切がひたすら身にしみた。

しかし恥ずかしくて正面きってお礼を言うのが辛い。素直に口から出てこない。心は感謝で一杯なのだが。

その後何度会っても、嘉明くんは一度もそのことは口にしない。ありがたい。私も言わずに知らん振りして、ここまできてしまった。

私の結婚式に、彼は祝電をくれた。その後、彼との付き合いはとぎれた。夫の転勤で関東、関西を転々としながらの子育て、内職、パートの仕事でクラス会どころではなかった。

息子が高校生になった頃、再びクラス会に出るようになった。みんなで私の出席をよろこんでくれて、十分もすれば長い空白は消えた。嘉明くんが、来られなかった友達の消息を伝えてくれる。

秋田のずうずう弁が会話のあちこちによみがえってくると、クラス会の会場はみんなのふるさとになってしまうのだ。

嘉明くんもノリコさんもそれぞれ別の人と結婚していて、息子や娘がいた。

結婚して所帯の苦労をかけたりしないから、マドンナはいつまでもマドンナである。結婚しなくてノリコさんは嘉明くんの永遠のマドンナとなったのだから、これで良かったのだ。

彼は名の知れた商事会社に勤めていたが、会社人間にはならず、草野球のチームでの活躍が自慢で、そこでの仲間と旅行や飲み会を楽しんでいた。

読書では司馬遼太郎が好きで、囲碁をやることなど、夫と共通な点も多かったので、夫に紹介し、夫婦で付き合うようになった。

時には、うちに遊びに来てくれる。彼のあっさりした、物ごとに拘泥《こうでい》しない性格に、夫は参ってしまい、時には私抜きで二人で囲碁に熱中する。

私が酒の肴《さかな》など作って出すと、

「ちゃんと味見した？　味見もしないのは食べないよ」

などと、夫が遠慮して言わないことを代わって言ったりする。

囲碁では数段強い彼に、夫が教えを乞《こ》うと、「闘争心がない人は向上しないと思います」とキビシイことを言う。

アレッとその時思った。穏やかで人と争うことなど想像もできない嘉明くんは、囲碁で闘争本能を発散させているのかと思う。

今年もクラス会があった。まだ盛り上がっているのに、嘉明くんが私に言う。

「そろそろ帰った方がいいよ」

家までかかる時間を考えて、あまり遅くならないように、いつも気をつけてくれ

る。しかし、周りは、

「おいおい、こんなに早く追い出すなよ」

などと引き止めてくれる。

同性の友達よりも、濃い付き合いをしてきたようだ。だが彼は男で私は女なんだと意識したり気をつかうことは、ほとんどなかった。多分、嘉明くんもそうだったと思う。二人きりでどこにいようと、気楽に喋《しゃべ》っていられて、気詰まりや妙な緊張の一瞬も、嘉明くんとだったらまるでない。

男と女にならなかったのは、なぜかわからない。家に来ていた時、彼に訊《き》いた。あれはちょっと嫌味だったと反省しているが。

「若い頃、何回も会ったけど、女扱いされなかったなー。私を好きじゃなかったの?」

「うーん。いや、緑さんは私らの太陽でした。……私らは周りをぐるぐる回っているだけ」

すると夫がすかさず、

「なるほど、あまり近づくとヤケドするから気をつけたわけだ」

恋人ごっこや不倫、エッチなお遊びなどで壊すわけにいかない、大事な何かが二人の間にはあったような気がする。

恋はいつか失われ、人は別れる。不倫なんて自分らを粗末にするだけだ。もし私がエッチなお遊びをしたいと言えば、「それは、おうちへ帰ってご主人とどうぞ」と軽くいなされて軽蔑《けいべつ》のマナザシを向けられただろう。

会う会わないに関係なく、お互いの存在が嬉しい。会わなくてもどこかに彼が生きていて、同じ空の下、同じ空気を吸っていれば、それでいい。

もし彼の存在がなかったら、私の人生は変わっていて、私は淋《さび》しくて淋しくて周りの人にすり寄ったり、人に暗い目を向けていたかもしれない。兄と妹だったり、姉と弟だったりの嘉明くんと私だった。

だが、実のきょうだいよりも誰よりも、彼とは共有する「思い出」が多くある。六十歳過ぎた今しみじみ思う。私の人生に彼がいて良かった。

人、人に会う

水原《みずはら》 太郎《たろう》
（千葉県　58歳）

　私は老境に入りつつある五十八歳の男であるが、「人間とはおたがいに裏切る動物」ではないか、という認識を持つに至っている。すなわち、周囲の人々が私の期待と信頼を裏切るように、私もまた彼らの期待と信頼を裏切ってきた。年を重ねるに従って、心の窓を一つ一つ閉ざしていくようでいささか寂しいが、この思いはこれまでの長い人生行路を経て、会得《えとく》した結論である。
　しかしこうした考えを抱《いだ》きながらも、反面では「裏切らない人物」を心の片隅でつねに求めている。「青い鳥」ではないが、その人物は図らずもごく身近にいた。つい最近私は、そうした渇望を満たしてくれる一青年に出会うことができたのである。

老残の身ゆえ睡眠は浅く、十二月八日は午前四時ごろ目が覚めた。こうした際の常として私は、NHK第一放送の「ラジオ深夜便」に耳を傾けていた。「ラジオ深夜便」は、この殺伐《さつばつ》とした世に潤いをもたらすものとして、中高年の間でファンが少なくないと聞いている。何を隠そうこの私も、その放送開始時からの愛聴者の一人なのである。

折りしも新聞配達のものと思われるバイクが自宅の前に停車し、続いて「ガシャン」という鈍い音がした。しばらくしてからバイクは、発車のエンジン音とともに立ち去って行った。バイクが自宅前で停車していた時間は二分ほどであったが、異常に長く感じられた。その間その人はいったい何をしていたのであろうか、と夢うつつの中で考えているうちに、ふたたび寝入ってしまった。

その日は八時ごろ起床して、朝食後読書をしてから日課である三十分の散歩に出た。帰宅して手紙が来ていないかと郵便受けを見ると、中には何もなかったが、郵便受けの上に植木鉢のカケラが積んであった。このカケラがにわかに、早暁《そうぎょう》のできごとを思い出させた。妻に尋ねると、「植木鉢を割ったのは私で、のちほど改めてごあいさつに伺います」と新聞配達の青年によって書かれたメモが、郵便受けの中に入れてあったとのことである。

私は妻と、「今どきにしては珍しく、正直な若者がいるものだね」と語り合った。彼女は「郵便受けの上に植木鉢を置いた私が悪いのだし、大したものでもないから、わざわざあいさつに来てくれなくてもいいのに」と言いつつも、嬉《うれ》しそうな表情を隠そうとはしなかった。

しかしその日、青年は現われなかった。何かほかに忙しい用事でもあったのであろう。

翌九日になると、私はすっかり植木鉢の一件を失念し、単調な日常の中に埋没していた。そして夕刻、玄関のチャイムが鳴った。妻は外出していたので、私が応対に出た。来訪者は新聞の集金で何度か顔を見たことがある、二十代前半とおぼしき茶髪の青年であった。

彼は深々と頭を下げて、「自分の不注意で植木鉢を割ってしまって、大変申し訳ございません」と、丁重《ていちょう》にわびたのである。この青年の誠意にあふれた態度は、私にアメリカの初代大統領ワシントンの故事を想起させた。

昨今の若者といえば男女を問わず、人の迷惑をも考えずにきわめて自己中心的な言動をする者が多い。凶悪な強盗殺人事件は論外としても、「オヤジ狩り」とか、バイクに乗って女性のハンドバッグを引ったくるなど、おのれの目先の欲望を充足させるために、金品を強奪する事件が日常茶飯事のごとく起こって、良識ある人々の心胆を寒からしめている。

こうした時世にあって、よその家の高価でもない植木鉢を割っても、そのまま立ち去っておかしくはない。ましてや誰も見ていない明け方のことである。その立場に置かれたら、ほとんどの人がそうしたであろうし、私もそうしたかも知れない。

ところが、この青年のしたことは違っていた。気忙《きぜわ》しい新聞配達の合間に、わざわざ自分の非を正直に認めたメモを記して郵便受けに入れた上、その責任を取るべく約言どおり翌日わびに現われたのである。

私は、自分より年下の（とくに高度経済成長期以降に生まれた）人間に対して、いつしか人間としてのまともな礼儀を期待しなくなっていた。わけても茶髪の若者に対しては、接すれば不愉快な思いをさせられるだけだと、とかく敬遠しがちであった。しかしこの青年のさわやかな言動によって、私はみずからの不明と、表面的なことで人間を判断する愚を悟らされることになった。

この青年は、人間として一番大切なものを持っていたのである。わが半生を顧《かえり》みて、この青年に比肩《ひけん》しうる立派な人物に、はたして何人遭遇したであろうか。社会的に地位が高いとされる人間、経済的に裕福な人間、著名人などの人柄には、幻滅を感じさせられることがしばしばである。私の身近でも、高学歴者などにはそうした落胆を経験させられている。本当に人間性に優れた人物は、むしろ市井《しせい》の無名な人たちの中にひっそりと存在しているようである。

その青年がわが家を立ち去る折りに、「その正直な気持ちを、一生持ち続けて下さい。そうすれば、あなたが困ったときでも救いの手を差し伸べてくれる人がかならずいますよ」と、私は祈るように言い添えることを忘れなかった。

私にとって人間の持つ素晴らしさとの感動的な出会いは久し振りのことでその日は嬉しさで興奮し、夜も満足に眠れなかった。そのためまたしても、「ラジオ深夜便」に聴き入る仕儀となった次第である。

他人《ひと》の喜びが我が喜び

田《た》中《なか》渥《あっ》子《こ》（茨城県　53歳）

信用できる人はいるかと聞かれて、先ず夫、先ず子どもなどと言える人は幸せ者か、よくよく自己愛の強い人だと思う。

実の親とか、伴侶の親になると、信用したいものだという願望の領域に入る。それが、兄弟姉妹となると、きょうだいは他人の始まりということばを痛いほどかみしめることになる。

今のことではない。三十年程前の重症心身障害児施設で、その出会いはあった。

その当時、福祉ということばなど、日本ではデンマーク語のようなものであった。養護学校がまだ義務制でなく、重い障害をもった子どもは就学猶予ということばのもと体《てい》よく学校教育から門前払いされ、自宅で、ひどいときは自宅の座敷牢で起居を強いられていた。そんなころのことである。

ひょんなことから、その施設の人に会いに行かされ、その上施設内を案内され、そのあげく、ここで働いてみないかと言われ、あまりの現状のみじめさに、ここで断われば女がすたると自分で決め込み、ひきうけた。全く、そこに足を踏み入れた時には考えもしなかった展開になってしまったのだ。主体性などあったものではない。大学四年生の冬のことである。児童指導員としての仕事であった。

医療法人であるその施設には、医者あり看護婦ありで、つけ加えれば、そのほぼ全員が離婚経験者だった。離婚して入院し、退院後すぐにそこに就職してきたばかりの医者一名、看護婦一名も実際にいて、人間の悲しみは深いものだと知った。僧籍の若者三名。自殺未遂経験者は知っているだけで六名。人生の猛者揃《もさぞろ》いだったのだが、ある日、従軍看護婦上がりの切れ者看護婦が、おごそかに宣言した。

「この中に、場違いな人間が二名いる」と。超美人のカワイ子ちゃん一名。美人ならねど超はずれ者一名。後者が私だった。人生の涙を知っていそうにないと言うのだ。

人生の猛者揃いというけれど、みんなすぐれて好人物だった。その上、入所している子どもは飛び切り美しい天使だ。ほめてもらいたさに、雨の日に如雨露《じょうろ》で花に水をやる子、かわいがってもらいたさに熱を出してしまう子など。

若い日の一日は悔いなく暮れた。

深夜勤務の時、同僚看護婦がアルコール消毒をしていた。そこに突然強風がカーテンを運び、パッと燃え上がった。すぐさま、若い男のもつ消火器で鎮火されていたが、大惨事寸前だった。足がすくみ胸がふるえの後、四人の仲間に人間らしい声が戻ったころ、気がついてみれば、四人の他にもう一人、今夜は非番で寮で寝ている筈の人間が加わっているのだ。夜中の三時のことである。

わが愛する信用できる人物の登場である。療育員の小野知子さんであった。彼女は寮で寝ているうちに空腹に耐えられなくなり、夜勤者が詰め所に持ち込む食い物をねらってやってきたのだった。

朝の日勤者への引き継ぎでは、出火のハプニングと共に、空腹に耐えかねて、深夜の侵入者となった彼女の報告がされ、大爆笑となったものだ。

その腹すき娘は、しばらく食料さし入れの標的にされ、本人は食い物大尽を誇ったものだった。

どれもこれも人間のかわいさであり、愛すべき人間のなすことであった。

ある時は、テープレコーダーを操作していて思いがけないテープの反逆にあい、キャアと大声をあげあわてふためいている先生を、しっかり冷静に受けとめ、的確にプラグをぬき澄ましている子どもの出現となってみたり、ある時は、常夜灯の照らす直径何センチかの円形の中を毎夜必ず快いトイレと為し、用をすませると悠然とベッドにひき揚げる子どもの出現となってみたり。いつも勝敗でいえば敗の方をひきうけ笑ってしまい、またこの笑いをいただくことのありがたさを知っている人間たちの群れだったのだろう。

私の小野知子さんは、例の腹すき娘であったし、テープのくるくる舞いにあわてふためき、いずれが子どもか先生かと、大いに周囲をよろこばせる人であった。

彼女は自然なるものを愛した。地球を愛した。世界を愛した。人を愛した。

太陽と共に起き太陽と共に眠るのだと時計を捨てたのはいいが、雨が降ろうものなら、詰め所に次々と出勤してくるころになっても、いっこうに姿を見せない。雨の日には彼女に電話をかけて起こすことまでお祭りになった。

入浴日には、彼女はその巨大な腰で、思いっ切り働いた。子ども達もその不自由な身体を思いっ切り安心して彼女にまかせた。しかし、入浴後、脱ぎ捨てた入浴用の衣類は、彼女の分だけ、どういうわけかエレベーターで洗濯室には行かず、必ず厨房に届いた。

また人をよろこばせた。

その彼女と、私はいつのまにか仲よしの友だちとなっていた。

そもそものきっかけは、就職した時が大体同じだったというものだった。

彼女は既に社会人で、銀行か保険会社に勤めそこからその施設へ転職してきたのであったが、私のようにその日の朝まで、そこで働くことなど思いもせず、障害児の存在すら考えずに、飛び込んで来たにわか職員と違って、彼女は長年の夢を叶《かな》えて入って来た人だった。

重い障害をもったお子さんを亡くしたA級の優秀な競輪選手が、苦労と努力の末に立ち上げた施設だったが、その副園長に、もう一年たっても、なおも考えが変わらなかったらいらっしゃいと何度か言われて、なおも考えが変わらず、ついにその施設で働くことになった筋金入りの人であった。

大学入学直後に重い坐骨神経痛になりオムツの介護も母親の手をわずらわせることとなって、勿論、大学も中退しての日々の中、彼女の自殺未遂はあったようだし、未遂後の厳しい苦しみもかみしめた彼女であった。

今思えば、そういう来歴があったために、何度も彼女に思い直す機会を与えた副園長の心のはからいというものは、これまた、人間として信用のできるものである。

就職できたらできたで、彼女は医者である長兄から会ってもらえなくなった。副園長から何年もかかって許可を取りつけたばかりである。長兄は医療現場に生きているから、なお彼女を心配したのだろう。そういう仕事は身内に障害者をもった経験でもないとやれる仕事ではないと強硬に反対したのであった。

しかし、念願の職場で働き始めた彼女は朗らかだった。長兄が宿直勤務の日に兄嫁に呼ばれて甥と遊びに行くのよと少し心配げに言うものの、彼女は自分の信ずる道を朗らかに進むという感じであった。

ヨーロッパの福祉を勉強してくるのだと、それまで働いてためたお金を、親の許可も得て、全てつぎ込んで勇躍出かけた折りは、私のような者には彼女は別世界の人だった。

彼女は両手で握り込める大きさの球形の石をもっていた。その石は地球に見立てられ、よく見れば紙が貼られ、それは世界の国々になっていた。病む床の中で、彼女はその地球をみつめ、地球全体の幸せを思うたのであろう。

帰国して熱にうなされたように懸命にヨーロッパの福祉事情を話す彼女だが、航路はいかんとの問いには、「さあ」というまぬけな返事となり、天皇が行ったと同じと言えばいいという助っ人をもらって、「そのようです」と言い、また人を笑わせた。

私は、彼女自身を心底信用していたが、そのうちに、彼女となんだかんだと関わっていく人間まで信用するようになっていたように思う。

この施設、どこか指標を異次元に置いた人間が寄り集まっていたようではあったが、この人間達も当然生身の人間である。

準夜深夜ぶっ通し、仮眠なしの十六時間勤務は体力とのせめぎあいであった。施設建設はあちこちで反対に遭《あ》い、やっと建てた所は交通の便が悪く、この勤務形態となっていたのである。夜勤者は自宅まで送迎となっていたが、入る時はまだいい。夜勤明けは、いくら若くても年とった猛者でもボロボロである。その腹すき娘と生まじめかつユーモラスなぬくもりある関わりをもっていた運転手は、このボロボロ疲れの人間を、車中で思う存分熟睡させたのである。ある人はあの運転手の運転でたとえ何かがあっても悔いなしと言った。

その後、二十年を経て、私に既に義務制になった養護学校での仕事が来た時、長い空白期間への不安も吹っ飛ばさせ、軽く一歩を踏み出させたのは、彼女と彼女を囲む人間の群れがそこにあるという予感と安心の然《しか》らしめるところであったと思う。

心の作用にすぎないが恐るべき人間の力であると思う。

彼女はその施設を結婚退職した。そして土佐は足摺岬《あしずりみさき》の近くの土佐清水で牧場経営する人の妻となり三児の母となった。

遠く離れて暮らすため、音信は年一回の年賀状のみだが、彼女のそれには、ふるさとのぬくもりがある。

会おうと思えば、会えないことはない。しかし、あえて彼女とはそうはしない。遠くで人生のぬくもりを楽しんでいる。

もし、死を宣告でもされれば、私は先ず彼女に会いに行く。

彼女が、何ゆえに、かくまで私を信用させることができたのか。思うに、それは、彼女が基本的に他をよろこばせることが我がよろこびとなる、世の中にいっぱいいいそうでいて実はそうはいない、貴重な人だったからだろうと、今の私には理解できる。

一枚の写真

内海《うつみ》準二《じゅんじ》
（東京都　45歳）

評判がよくない人物である。敵が多いといってもいいだろう。大風呂敷を広げる。手柄はみんな自分のものにする。話を聞くだけで膨大な費用がかかる――彼に対して、いっしょに仕事をした人間から聞こえてくる評判である。

風体《ふうてい》も、彼のイメージを悪くしていると思う。

年齢はたしかもうすぐ還暦。身長は一メートル八十センチ、彼の時代なら大男、いまでも日本人離れした体軀《たいく》である。

おしゃれなスーツを着て、高笑いがトレードマークというから、存在そのものもあまり好かれない。

彼の名刺を見ても、「プロデューサー」などと今一つ内容が分からない。手がける仕事も実に多彩、ビルのデザインや町作りなど、なかなか一言では言い表わせない。

ブームになったものをいろいろ仕掛けている、と本人は言う。このあたりが微妙なところである。

たとえばいっしょに仕事をした相手方の担当者にいわせれば、

「あの人が出したのはアイデアだけで、実行したのはわれわれですから……」

「意見としては拝聴しましたが、できる・できないを決定したのはわれわれです。まるで自分一人でやったように言われては……」

当の本人は、「祝宴には出ない。自分の仕事は縁の下の力持ち。言いたい奴には言わせておけ」と笑う。

話には英語が混じるし、海外から有名建築家を招聘《しょうへい》するなどと、話の内容も大きすぎて、サラリーマンにはついていけない。

仕事もこんな調子だが、趣味も同様である。

趣味は釣り。といっても日本近海の磯釣りやアユ釣りではない。アラスカのユーコン川や南米のアマゾン川など、世界の秘境を釣り歩くというからこちらもスケールが違う。

アメリカ大統領に釣りを教えた、ハリウッドスターに釣りの道具を貸した、とにわかには信じがたい話をする。

彼の話を初めて聞いた人は、とにかく驚くばかり。実は私もそうだった。でも何度か仕事をするうちに、まあ、うそはないにしても、「大統領と友達」というのは少し言い過ぎかなと思うようになった。

事務所のメンバーや長年彼と仕事をした人たちは、彼の同じ話に閉口するし、眉に唾《つば》しながら、うなずくものもいる。

胡散臭《うさんくさ》い、これが彼への世間一般の正直な感想かもしれない。

彼の秘書に言わせると、お付き合いが一番長いのは、私らしい。

たしかに彼とは、もう十年以上の付き合いになる。その間、社員も次々に入れ替わるし、付き合っている人、業種、業界とも、変化している。

そんな彼が例によって、自慢口調になった夜があった。若い人たちを囲んでのセミナーでのことだ。

セミナー終了後、食事と酒が進むにつれて、彼の口もどんどんなめらかになっていく。

私にとっては何度も聞いたことがある話がつづくなか、一人の青年が質問した。

「どんな高校生だったんですか」

「ああ、制服と丸刈りが嫌いで、学校と闘っていたよ」

「けっこう過激な高校生ですね」

「自分のライフスタイルをもっていたからね、黒い詰襟の服はださくて着なかったな。おれだけいつも私服で学校に行ってたんだ」

またオーバーなことを言う。私も含めて、何人かいた彼を知る人間はそんな視線を向けた。

高校生といえば反抗期、少なからず体制(学校)に反抗したというのはよくある話である。私自身も含めていろいろな不良がいた。でも、多少髪をのばしたり、制服をだらしなく着たりした程度で、さすがに私服での通学はいくらなんでもオーバーな話である。

彼が高校生といえば、昭和三十年代前半である。戦後とはいえ、公立高校はほとんど制服だったし、大学生でも学生服を着ていた時代である。

しかも彼は京都の伝統校の出身である。学校が許すはずがない。

過去の思い出は美化されることが多い。

私も酒に酔えば、「中学・高校時代は、女の子にはもてもて」などと自慢している。まあ、確認されないという気軽さゆえのたわいのないうそである。

彼の場合は、そうしたうそがちょっとオーバーなのである。そのあたりが、胡散臭く思われたり、評判を落とす原因だと、それなりに彼を理解した。

ある日、彼から送られてきた本を見て、私は驚いてしまった。

それは彼自身の書いたものだった。

彼の仕事の実績から私生活まで細かく書かれた本で、私は読むともなくページをめくっていった。

そして思わずその手がとまった。

モノクロの修学旅行の集合写真である。写真の説明には、「著者、高校時代の修学旅行」とある。

高校生の彼がそこには写っていた。当時から体は大きかったようで、頭一つ飛び出ている。周りには同級生の男女学生がいる、どこにでもある集合写真だ。

男子は全員、学生帽に黒の詰襟の学生服、女子はセーラー服である。

彼を見つけ出すのは簡単だった。髪を伸ばし、Vネックのセーターを着ているのである。服装だけを見れば、教師のように彼は写真に写っていた。異分子だが、美しい。異様というより、彼は輝いていた。スターの輝きに似ているといっていいだろう。

当時、ライフスタイルなどという言葉はあろうはずもない。

だが、写真に写っている彼は田舎の高校生ではなかった。

一枚の写真――彼の原点を見た思いがした。高校生の彼の姿を見たとき、彼がうそをついている、胡散臭いと思う気持ちはなくなった。彼は正直に話していただけである。そして、それが少し普通の人間と違うだけである。

彼を見るわれわれこそ、実は一番胡散臭いことを、このとき知った。

私はこの一枚の写真を見たとき、彼のことを無条件で信用することに決めた。周りがどういう風に彼のことを評そうが、私は彼を信じている。

信用とはなんだろうか。それは自分に対して、いかに正直でいられるかではないだろうか。

私はゴルフが大好きである。理由はたくさんあるが、中でも審判がいないスポーツだという点が気にいっている。ゴルフはすべてが自己申告。ごまかそうと思えば、簡単にごまかすことができるスポーツである。

ルールも一見難しく思えるが実は簡単。自分が有利になったとき、なんらかのペナルティがあるだけである。あとはすべてルールというより、マナーの領域だと思ったほうがいいだろう。

スコアも自分で記録し、自分で申告する。まさに紳士のスポーツと呼ぶにふさわしい。


ある外科医から、こんな話を聞いたこともある。

ボランティア活動に参加したその医師は、フランス人のチームリーダーから、自分の体調も手術の難易度を決める基準にしてほしいと言われたという。

手術は難しくなればなるほど、後遺症が少ないらしい。たとえば、腕を切断するとき、ぎりぎりのところまで残せれば、術後の患者にとっては生活がしやすい。医師はさまざまな条件でそれを選択しているというのだ。

医者が手術のレベルを決めるときには、いろいろな基準がある。病院の設備や、看護婦の数、バックアップ態勢など、もちろん患部の状態も重要である。

フランス人のスタッフは、そこに医者である彼自身の体調も考慮しろというのだ。寝不足や、体調不良など、医者にも体調があるわけで、僻地《へきち》医療では、無理することは決して得策ではない。次に患者が待っていれば、次の手術を考えて、自分の体力の状態を判断しなければならないのだ。

いかに、自分自身に正直になれるかを問われた、と彼は教えてくれた。

話をもどそう。

本当に信用できる人物というのは、自分に対して正直な人間ではないだろうか。

今年、還暦を迎えようとした彼が酒の勢いで話題にしたたわいのない話。でも、私はそこに彼の正直さを見ることができた。決してオーバーに言ったわけではない。彼は事実を語ったのである。

修学旅行で笑っている彼の笑顔を見ながら、私はこの男をこれからも信用していこうと思った。

一服の薄茶

吉《よし》野《の》亨《とおる》
（神奈川県　86歳）

部屋に入って来るなり、

「こんにちは、早速ですがお薄を一服戴きたい」

とA夫人。家内が食器棚から深緑色の抹茶茶碗を取り出す。

——静かな時が流れる——

美味しそうに飲みほしてニッコリと微笑《ほほえ》んだ。何か気の重いことがあったのかも知れないが何も言わない。家内の顔を見て気持ちが落ち着いたのだろう。

彼女は七十歳、家内は七十八、二人はこの老人ホームに入って以来の友達だ。書道クラブで知り合いもう八年になる。年齢が八つも違うのにどういう訳か気が合う。

お互いにズケズケものを言うのだが本当の喧嘩にはならない。

うちでお喋りしていたとき家内がふと、

「もう私も年齢《とし》だし先が見えている」

ともらすと彼女は怒って、

「奥様らしくもない、そんなことを言うならもう付き合わない」

と席を立って帰ってしまった。けれども五分も経たないうちに電話が来た。

「お花をおやりになったらいいわ、綺麗な草花を眺めながら暮らしていると年齢をとらないそうよ」

「わざわざ有り難うございます。ここでは庭が無いので諦めていたけれどベランダにプランターを置けば出来るわ。トライしてみましょう」

翌日ハイビスカスの鉢が届く。

「花言葉は（貴方を信じます）と言うの」

プランターで培養土・腐葉土などを混ぜ合わせていると、

「はい、釣鐘草の種。今蒔《ま》くと再来年の春には紫・白・ピンクの可愛いお花が咲くわ」

と言う。老夫婦も何となく明るい未来を期待する気分になった。

「昔の人は考え方が違うわね」

と彼女はよく口にする。

「太平洋戦争が始まる前に女学校の教育を受けた人は皆〈昔の人〉よ。戦前の豊かな生活をし学校の勉強以外にもたくさん本を読みいろいろな経験をしている、別の世代の人だわ。私達は学徒動員でそんな暇は無かったし、言われた通り身体を動かしていただけよ」

と悔しがる。

「うちのような年寄りとどうして付き合うの？」

「〈昔の人〉の生き方・死に方が参考になるのよ」

「じゃあ、良いお手本になるように頑張らなくちゃ」

「実は妹に注意されているの。老人と付き合うと老《ふ》けるから成《な》る可《べ》く若い人と友達になりなさいって」

と言い、にやりと笑った。

ある日夜晩《おそ》く電話が鳴った。

「いま年長の友人に手紙を書いているんだけれど、こういう文章で〈昔の人〉は気を悪くしないかしら」

と意見を聞いて来る。こちらも夫婦で相談して返事をする。

「夜中に済みませんでした」

まではいいが、

「年寄りに教えられることもあるわね」

と付け加える、これは彼女らしい感謝の表現なのだ。

うちが何時頃まで起きているか知っているので思いたった時すぐ電話して来る。こちらからも一日に何回となく連絡をするが両方とも名を名乗らない、いきなり話し始める。偶々《たまたま》親類の娘が来た時そのやり取りを聞いて、

「名前を言わなくてもわかるのね、宇多田ヒカルのファーストラブみたい」

と感心していた。

Aさん夫妻が北海道旅行から帰ってきた。

「お土産はホワイトチョコレートよ」

と電話。

「貰ったのがあるからいらない」

「ほんと？　これから見に行くわ」

ピンポーン。

「美味しいわね、これ上等よ」

彼女が帰った後家内が言う。

「あの人チョコレートが好きで味が判るからうるさいのよ」

うるさいのはそれだけでは無い。いろいろなことに興味を持ち知識がある。家内がセーターを買ったとき見せに行くと、

「いい色ねえ、でもスカートはこっちの方が合うわ」

と自分のを持ってくる。

「試着してみて良かったら差し上げるわ」

〈昔の人〉は新しい感覚のコーディネートを教えてもらうことになる。

ホームには食堂があるのだが、私は魚が嫌いなので何とか工夫して食べさせようと家内はよく自室で料理をする。

「大先輩がこんなにまめに作るのなら私も亭主の為に、と元気を出すのよ」

ということで向こうの部屋でも台所を使う機会が多くなる。大根一本買って分ける。甘い頭は先方、辛い尻尾はうちが好きなのでちょうど良い組み合わせだ。

ときどきお互いに得意な料理を届ける。両家の味付けは違うが相手の嗜好に合わせる。向こうは関西風で薄味だが我が家はどちらかというと濃い。

「塩分は一日十グラムまでよ」

と注意される。

「牛乳をもっと飲みなさい。野菜は無農薬がいいわ」

となかなか細かい。その後で必ず、

「これは私の個人的意見ですから御自分でよく検討なさって下さい」

と付け加える。けれども詳細なデータを挙げて勧められるのでこっちもそれに従うことになる。言いたい放題のようだがその陰に私共の健康を気遣ってくれる親切が感じられる。

Aさんの家では月に二回美味しい食パンを横浜まで買いに行く、うちの分も一緒だ。ときどきお土産がつく。そうすると家内が怒る。

「二世帯分のパンだけで重いのにケーキはいらないわ。両手に提げて転んだら大変よ」

雲行きが怪しくなってきたので止めに入ると彼女は、

「気にしなくてもいいの、何時もの夫婦喧嘩なんだから」

と明るく笑った。言いたいことが言える間柄だから夫婦と言ってもよいのかも知れない。

五年ばかり前私はヘルニアの手術をした。家内が毎日病院に見舞いに来る。洗濯物を抱えバスを乗り継いで片道一時間の距離を通うのは楽な仕事では無い。疲れきって帰宅し誰も居ない部屋に入ると新聞受けにメモが入っていた。

「今晩食事に来ませんか、メニューは鰆《さわら》の粕漬けと菠薐草《ほうれんそう》のお浸しです」

「Aさんの部屋で心づくしの御馳走を戴きながら話を聞いてもらうと一日の苦労も吹っ飛んでしまうわ」

家内もほんとうに嬉しそうだ。

Aさん夫妻は海外の生活が長いせいか、ものの見方、考え方に幅がある。三浦半島の南端・油壺の湾に面した小さなレストランで家内の喜寿の祝いをした時贈られたカードには、

「今年はラッキーセブンのダブル、何か幸せなこと、新しいことがあるかもね」

とあった。これまでの長寿を祝うと共にこれからの幸福を、ということかも知れない。

『賢い女《ひと》は生き活き老きる』という式田和子さんの本を持ってきた。

「まだ読んでないんだけれど表題がいいでしょう」

とニコニコする。彼女自身も生き活き老いている。園芸クラブのメンバーでホー

ム全体の草花の手入れにも気を配るが、

「Bさん、この頃落ちこんでいるようだから、紅白のペチュニアでも届けましょうか」

と飛び廻っている。その反面、

「園芸ばかりで余生を送りたくない、もっと本を読まなくっちゃ」

とよく新刊書を買う。『葉っぱのフレディいのちの旅』を読んで、

「いろいろな見方があるけれど〈昔の人〉はどう思う？」

と感想を聞く。うちの本棚に並んでいるのは夏目漱石・吉川英治・司馬遼太郎なのでこういう新しい本は刺戟《しげき》になる。

「生きて行くには人間関係が大切よ」

と彼女は言うが同感だ。

終《つい》の住処《すみか》で、信用出来る友達と付き合って暮らせるのは幸せなことだ。うちのベランダから眺めると、西に広がる茜色の夕焼け、黒ずみかけた伊豆・天城《あまぎ》の山脈《やまなみ》が美しい。明日も晴れだろう。

焼け石に水

山《やま》田《だ》 春《はる》夫《お》
（東京都　36歳）

それは私が今の職場に入所間もない或る土曜日の午後一時過ぎの事だった。
私はその年の春、一年半勤めた美術品販売会社の営業から、事務系の内勤への転職を希望し、健康保険組合という健康保険法上の公法人に採用された。だから入社ではなく入所と言い、会社ではなく、事務所と呼ぶ。そこで日々行なわれる作業は地味な事務仕事でもあり、給料が高い訳でもないし、余程のコネでもない限り、一般採用の職員はどんなに頑張っても出世の見込みはない。要職は社会保険庁、東京都の職員のOBが占め、彼らが退職すれば、また別のOBが着任する。健康保険法上の公法人だけに、健康保険組合内の業務の統括には専門的な知識や関係法令に関する習熟が必要であり、また複雑に連携し合う様々な団体、組織との外交関係上、それなりのＯＢが要職を占める事が必要なのである。

君たちは真面目にきちんきちんと自分に与えられた事務をこなしてくれればいい、刑事事件の被告にでもならない限り、クビにはならないよ、と採用時に面接官から申し渡されていた。それは有り難い話である。成績の上がらない営業マンとして一年半針の筵《むしろ》に座り続けていた私にとっては、真面目にきちんきちんと事務をこなせば給料が貰えるというのは夢のような職場だった。しかし有罪にならなくても、被告になっただけでクビになるのだから、色んな意味でお堅い職場だ。

半ドンの仕事を終えた私は、アパートの自分の部屋のドアの前に立っていた。築二十五年以上、木造二階建てのアパートで、入り口に下足箱が置いてあり、板張りの廊下は靴下で歩く仕組みになっていた。引っ越した当時はみんなスリッパを用意するが、面倒臭いのと、パタパタと音が煩《うるさ》いので大抵靴下になる。裸足で脂足の人が歩いた後を、靴下で磨くので、廊下はいつもワックスがけを終えたばかりのように光ってつるつるとよく滑った。そんなアパートにでも、ちゃんと部屋のドアに鍵は取り付けられていた。力いっぱい引っ張れば、開かなくもないだろうが、後が困る。無茶をする意味もない。……そうしてポケットに入れた手の指先に、思いも寄らないものが触れた。

その感触に嫌な汗が流れた。

指先に触れたのは、もう一つの別の鍵だった。その鍵は私の勤める健康保険組合オフィスの鍵であり、本来であれば今頃はもう警備会社のセーフティ・ボックスに返却されていなければならないものだったのだ。

その鍵はオフィスのフロアを閉める唯一の鍵であり、最終退出者が鍵をセーフティ・ボックスに収めないと、警備システムが作動せず、警備システムが作動しないと、最終退出者は何時までも帰宅できない仕組みになっている。健康保険法上の公法人の間借りしているオフィスだけに、力いっぱい何かを引っ張れば、それで帰って宜《よろ》しいという仕組みにはなっていないのだ。

私は改めて時計を確認した。午後一時過ぎというのは随分大ざっぱで、自分に対する甘えでもあった。正確には午後一時半になろうとしていた。私は慌てて廊下を滑り、靴を履き、近くの公衆電話ボックス迄《まで》走った。

走りながら考えた。この状況に於ける善後策とは何か。

いやもう、こうなってしまった以上兎《と》に角《かく》事務所内部に取り残されている先輩(同期入社は数名いたが、中でも私が一番後輩なのだ)に、力いっぱい謝罪し、許しを請い、その後のフォローに心を込めるしかない。尤《もっと》も、可及的速やかに鍵を事務所に届ける事が、何よりも優先されるべき事柄である。

事務所に電話してみると、案の定例の人がいた。

「(はあはあはあはあ………)」

「あ、山ちゃん、どした?」

「(はあはあはあはあ………)」

「あのさ、ぼくね、鍵探してるのよ。山ちゃん、知らない?」

「(はあはあはあはあ………)」

知るも知らないもない。私が今この手に握り締めているのが、まさにそのお探しの鍵なのであります。

「はあはあ、済みません。はあはあ、申し訳ありません、わ、私が持ってます。今直《す》ぐお返しします」

「なんだ、良かった。山ちゃんとこ電話ないから、どうしようかなあ、なんてね、思ってたところなのよ」

「済みません。直ぐ行きます」

電話を切って、私は駅へ走った。北区の十条仲原の私のアパートから新宿の二丁目にあるオフィス迄は、タクシーよりはJRの埼京線が早い。十条駅から新宿駅なんてあっという間だ。あっという間と言っても、ドアツウードアで約二十五分になる。なんとかぎりぎり二時前に着くかどうかという計算である。私は焦りまくっていた。私を待っているのは、業務課長である。平社員の私にとっては上司の上司である。物凄く偉い方である。一般常識で考えれば、良くて大目玉、悪くすれば何らかの処分が下されてもおかしくはない状況だ。刑事事件の被告になるより罪は重い。少なくとも今後の仕事に影響が出ない訳がない。

兎に角走れる場所は必死に走り、ようやくオフィスに辿《たど》り着いた時には、もう殆ど二時になっていた。

石野課長は何時ものように平然とデスクに向かい、仕事を続けていた。

「悪かったね、急がせて。山ちゃん、お昼までだでしょ。チャンポン食べよう」

「(はあはあはあはあ……)」

息を切らせて何も言えないで、ただ頭を下げている私に、石野課長はそう言った。兎に角例の鍵を使ってオフィスの戸締まりをして、鍵をセーフティ・ボックスに入れてしまうまで、私は酸欠でくらくらしていた。走り終わった後にどっと噴き出す汗で、ワイシャツもズボンもぐっしょり濡れていた。

連れられるままに事務所近くのチャンポン屋に入った。石野課長にとって、夜仕事帰りにここで一杯やるのが定番コースとなっている事は知っていたが、今日は状況が状況だけに、一体何をされるのかこちらは気が気ではない。

そうは言いながら、何も注文しない前から出て来たグラスにビールを注がれると、私は課長にもお酌をして、お疲れさまでしたなんていい加減なことを言いながら、一気にグラスを空けていた。

ギョーザが焼ける匂いが漂ってくると、石野課長は小皿にたれを用意し始めた。ラー油、お酢、醤油の加減をいちいち私に尋ねながら、ギョーザのたれを作る。

そして石野課長は何時ものように、饒舌《じょうぜつ》に世界の経済や文化について語った。私のグラスが空くやいなや、どんどんビールを注ぎ足した。

ビールをたらふく飲み、ギョーザとチャンポンを食べ終わる迄、結局石野課長の口からは一言もお叱りの言葉はなかった。厭味《いやみ》も当てこすりもない。この人からは、土曜の午後を台なしにされた怒りやいらだちがまるで感じられないのだった。

いやいやまさかどこぞの高僧でもあるまいし、人間というもの、心の底から他人に寛容で有り得る筈がない、きっと私はこの人から嫌われた、恨みに思われているのではないか……と私はほんの僅《わず》かながら不安に思っていた。

しかしこの人の優しさは本物だった。

飲んで遅くなった帰り道、石野課長は千鳥足になりつつ何時も決まった夕刊紙を買う。新宿から八王子までの長い道中にそれを読むのだ。ただしキヨスクでは買わない。

「余り儲《もう》かってなさそうな所で買ってあげないと」

と言って、いかにも売れていなさそうな屋台店を選んで夕刊紙を買う。

無論そんな事で社会全体が急激に良くなる訳はない。そんな理屈は本人も十分承知しているだろう。だがおそらく石野課長は、小さな親切や思いやりの全てが焼け石に水になる事はないと信じているのだ。まさに真面目にきちんきちんと自分に与えられた善意を尽くしているのだ。

世の中にはとんでもない悪人がいる。これは間違いなくいる。寧《むし》ろ善意の塊のような人は、珍しい。だが石野課長は、私が悪意から事務所の鍵を持って帰ったとは考えない。私の何かを信じてくれていたからだろう。

他人から信頼されるべき誠実さに関して言えば、私にはまるで自信がない。オフィスの鍵をうっかり持って帰ってしまうくらいのおっちょこちょいだから、全面的にご信頼下さって大丈夫ですとは言い切れない。気まぐれな所もあるから、車椅子の人が階段を降りるのを手伝う事もあれば、若い女の人が酔っ払いに絡まれているのを見て見ぬふりをしたりする事もあった。考えてみれば、私は自分の気持ち良さの為にいい人になり、自分の気持ち良さが損なわれる恐れがある場合には、あっさり悪い人に変身している。真面目にきちんときちんとが足りない。

そんな打算的でいい加減な私には誰も彼もと信じる事はできない。自分を信じてくれている人だから、この人を信じたいと思う。

焼け石も海に沈めば冷めるだろう。そのくらい呑気《のんき》に考えている。

土饅頭へ郵便配達

小鳥《ことり》 のりこ
（神奈川県　60歳）

『あなたの周りで、ほんとうに信用できる人はいますか？』と、改めて問われると、ほんとうに信用できる人物が、余りにも少ないことに今更ながら驚く。

この問いに、迷わず人生の伴侶であるパートナーを挙げられる人は、幸運な人にちがいない。

『一番信用できない人』のNo.1に挙げなければならぬ無念さ。……しかし、悔やんでいても何も始まらない。

せいぜい前を向いて、一度しかない人生の残された道のりを歩んで行こう。

さて、信用できる素晴らしい人がいる。

その人は酒井秀幸さん――七十一歳。

いかにも誠実、実直、土を、大自然をこよなく愛し、人間共のどろどろとした営利主義や利己主義に、まっこうから立ち向かい、先頭に立って旗を振り、発言し、行動し続けている人だ。

山ふところの美しい風の吹く村で、四十頭余りの乳牛を飼っている。土を耕《たがや》し、有機農法を三十年程前から実践し、誠に美味《おい》しい米や野菜を作っている。

出会いは二十年余り前の夏のこと。

ひと夏を私の生まれ育ったふるさと丹波の山村で、三人の息子と過ごすのが恒例となっていた。

福知山線の車窓から牛を見つけた子ども達が「あそこに行ってみよう」と言うので数キロの道のりを歩いてたずねた。

「よう来てくれたったなあ。ゆっくり見たってやあ」

野良着を身にまとい、日焼けした顔をほころばせ、さっそく牛舎へと案内して下さった。

秀幸さんが一歩牛舎に足を踏み入れると、並んだ牛は、一斉に秀幸さんの方に目を向ける。その目からは心から信頼を寄せていることがありありと見てとれる。

「きょうは、お客さんやど」と牛に言う。

「昔とちごてなあ、村でも、ごっつう近代的になってきよってなあ……。ウンコでも自動的に掃除してしまうーっちゅう機械まであるんやけどなあー。わしは一頭ずつ、ウンコの状態やら、顔つきやら、つややらをよう見たる為に、この手《てえ》で、しっかり始末したりよんのんやあー」と、ごっつい手《てえ》を誇らしげに見せて言う。

そのひとことで、秀幸さんの人間味あふれるぬくもりが、じわあ〜っと伝わって来た。

それ以来、会ったのは、ほんの二、三回。文通だけの友である。

はじめは、時折りであったのが、次第に増えに増えて、段ボールからあふれるほどの絵手紙となった。

そこで、秀幸さん。

「こないぎょうさんもろて、わしひとりで眺めとるんもったいないわ。せやさかいに、公民館で展示会をしたらどないやろう思うんや」

「そんな遠いとこから、わざわざ帰ってこんでも、かまへんかまへん。わしにまかしてんか」

秀幸さんの仲間も、

「なしたぎょうさんあるんじぇえ」

「ごっつ芸術品やにぃ……」

と、快く協力をして下さった。

武家屋敷をそのままの姿で小さな図書館としている館長さんから、村のひなびた郵便局の局長さん、山のお寺の住職さんまで、あっちからもこっちからも、是非展示を、との申し入れが続々。

それもこれも、やっぱり秀幸さんのお人柄であろう。

里の母もかいがいしく手伝ってくれた。

その母にも、絵手紙は毎日のように送っていた。ところが、転んで大腿部骨折となり、入退院を繰り返し、とうとう寝たきりで痴呆も進み旅立ってしまった。

秀幸さんへの手紙に、

『お墓に、絵手紙を出したいようやわ……。せやけど、郵便局の配達係の人が困ってやろなあ。「なんじぇぇ……こんなん、かなんにぃ……墓に配達やなんてえ、きしょく悪いでえ」ゆうてやろしなあ……しゃあないなあ』

それを読んだ秀幸さん、

「ほんなら、わしが墓に配達したげるさかいになあ、なんぼでも書きやあ」

そんなことを気持ちよく引き受けてくれるおひとは、他には誰も見当たらない。

姉弟や親類の者でさえ誰ひとり言わぬことを、秀幸さんは、何のためらいもなく、即、実行して下さる。

恐縮しながら、母への絵手紙と、埋葬された土饅頭の場所の地図とを同封した。

秀幸さんは、母屋《おもや》の脇の井戸水を汲《く》み、庭に咲く百日草を切って、手づくりのかき餅まで焼いて、墓に行って下さったという。

後日、絵手紙が供えられ、百日草で飾られた土饅頭の写真まで送られて来た。

それにしても、人間としてのまごころが、なんと清らかなおひとなのであろう。

秀幸さんの柔和《にゅうわ》な笑顔のうしろに、美しい後光が射《さ》しているように思えてならない。

又、ふるさとの川を守るシンポジウムも何年か前から立ち上げて、自らを『川ジジ』と称し、川遊びすら知らない子どもらに美しい村の川を愛する人間への足がかりをと、ひたむきに力を注《そそ》いでいる。

景観をぶちこわすダムの建設反対運動にも情熱を燃やし続けている。

村の桜の古木の根元に、無数のゴミが散乱しているのも、見るに見かねて、先頭に立って美化によい汗を流す。

れんげ畑を開放して、れんげ祭りの企画を立て、わらぞうりや竹トンボ作り、昔々のほっこりとした楽しみ事の伝承にも、よろこんで取り組む。

このような草の根運動が、あっちこっちから評価され、最近では、生涯学習センターや、地域の大学辺《あた》りからも、講師に招かれ、大勢の人々の前での講演も増えているらしい。

「わしは、土しか知らん、山奥の一農夫や。せやけど、ほんまに農夫でよかったなあ……とつくづく思いよるんや」

と、ふるさと言葉の嬉《うれ》しい手紙が次から次へと舞い込んでいる。

そこで、私も、なつかしい山や川、ふるさとの美しい風を感じながら、ふるさと言葉の便りを書く。

「裏の林におったというモリアオガエルくんの、かいらしい姿の写真と、めずらしい植物のタヌキマメの写真、おおきにい。牛のおじさんの腕が悪いんやない。カメラのせいでもあらへんで。伝えたいっちゅう心が、ようよう届いたでェ。うれしいなあ。こないに響き合える友だちが遠いとこに、おってくれてやさかい、ほんまにありがたいこっちゃあ……」——と。

又、つい先日のこと。

近くに住む友人が、美味しいじゃがいもを発注して欲しいと言うので、早速、メークイーン五キロと別種五キロを注文しておいた。

宅配便を受け取った友人が、目を丸くして「ほんとに、こんな世の中に、まだこんな人がいたのねえ――」と感激していた。

なんでも、別種が、今ひとつ自分の納得ゆく出来ではないので、メークイーン五キロだけ送る――とのこと。請求書にはその五キロ分だけ。

太いごぼうや、みずみずしい人参までしのばせてあったらしい。

「のりこさんが大ファンになる筈《はず》だわ。私もいっぺんに大ファンになっちゃったわ」とうれしそうだ。

信用できる人物とは、まことに秀幸さんのような人物のことを言うのだ。

III

信用できる人物と信用しにくい人物

大杉《おおすぎ》 精《くわし》
（東京都　65歳）

阿川先生は、お人《ひと》がわるい。特に「本当に」が、キビシイ、キビシスギル！

ほどほどに　ならば　なんとかおりますが……。

たてつくような云《い》い草《ぐさ》はやめまして、私流に六十五年をふりかえり、二〜三人をピックアップしてみました。P氏、Q氏、R氏。なるほど……なるほど……　人を信じる（信用する）ことについて、考えさせて頂きまして、ありがとうございます。

まず私は、と申しますと、楽天家で、ひどい目に遭《あ》わされた事はあっても、他人様をおとしいれるようなことは、未だかつて、致したことがございません。もっとキビしく云えば、そのような能力を持ちあわせていないが為《ため》に……が、正確な表現か、と思われます。

牙《きば》もなければ、爪《つめ》もなく、角《つの》もない。更に思いつきを云わせて頂きますと、かなり打たれ強い、ように思っております。

ボクシングに譬《たと》えますと、ボディやら顔面にかなり喰《く》らっても、蛙《かえる》の面《つら》に水……のように、応《こた》えないのです。もっとズバリと云います。金もなければ、地位も名誉もない。諸欲も、あまり強くない。これでは、悪い奴がいても、狙う気にもならないのでしょう。

相手にする価値がない……と、みなされているのでしょう。強《し》いて、弱点の如《ごと》きものを探せば、プライドのカケラが、わずかにあるかな?……です。

さて、先に思い浮かべました、お三方《さんかた》ですが、皆々様、男です。何故かな? 別に女性嫌い……ではありません。理由は、私は、この年まで遺憾《いかん》ながら、モテなかった、こっちがノボセテ相手を信用（信じる）しても相手は冷静で、結局、フラれっぱなし……。

やはり凡夫《ぼんぷ》ですので、多少は恨みに思ってしまうのです。

男に惚れたことは、あったか？ 残念ながら、それほど情熱的ではなかった。生涯の友と云えるほどには、発展しえなかった、まあ遠くで眺めて、イイナアと思う程度でした。水の如く淡く……などと云えるものではございませんが……これが私の生命力の限界なのだろうな？　などと諦《あきら》めの境地です。

ダラダラ前置きが長くなって、恐縮でございます。そこで、結論めいたことを、先に述べますと、「結局は、自分が問題ナノダ」と云うことになります。自分が動じない、ダメージを受けない。仮にヒドイ目に遭わされたとしても、蚊《か》が刺したほどにも感じない。であれば、多くの人を信用して、平気で生きていられます。

先のP氏、Q氏に話を戻しましょう。

P氏は四十年も前の学生時代の友人でした。誰が見ても優秀な人物でした。健康で、学業勝《すぐ》れ、家柄もよく、堂々《どうどう》たる体軀《たいく》、威《い》あって猛《たけ》からず、ご本人も常に自分のことはあとまわし、他人の為をごく自然に実践出来る幸せな、恵まれた人物でした。

実社会に出た後も、これはどこにでも通用する徳《とく》とでも云うのでしょうか、当然のことのように、まとめ役、困難な問題の矢面《やおもて》に立ち活躍されております。

Q氏について申しますと、現在も、ごく身近で、いろいろ御指導いただいている、コンピュータ関係の先生です。この方もP氏と同様に立派な方で、こちらが歯がゆくなるほど欲のない、他につくす方であります。

さてP氏、Q氏を思い浮かべ、書き記しましたが、どうも、あまりに平凡、ありきたり、あたりまえ過ぎて、オハナシにもナニもなりません。要は、私にとって益になり、又、相手の方が優秀な人で、健全すぎるほどであり思慮も深く、従って私は、傷つく心配はなく安心してつきあっていられる、何かと利益も多い。危険とか、迷惑がかかってくる心配は、サラサラない。ダカラ信用できる！　全く身も蓋《ふた》もない、オハナシになってしまいます。こんな意味のない話から、なんとか一歩でも先へ、進めたいと思います。

六十五年の人生で、たった二〜三人しか、思い浮かべることができない。誠に情けないことです。残念なことです。

もしも、自分がほんとうに確立していれば、こんなことにはならなかっただろうと思います。一歩ゆずって考えます。相手も自分も神ではない、欠点、弱点を多くもった人間なのだ。ならば、せめて自他の間《かん》に発生する毒素の如きモノを、すばやく中和しうるや否《いな》や、これを早期に見きわめる知恵を身につけたく思います。この世には毒蛇も多いし、恐ろしいバイキンも多い、恐れてばかりいては、動きがとれなくなる、血清やら薬を備えて、対処すれば……。たちまち数十人、数百人の信用できる人物を思い浮かべることが可能となっていただろうと考えます。

こんな次第で、「信用できる……」の面からの考察は、これで一応、終了して、逆のみかた、つまり、「信用できない……」これの要因を紙数の許す範囲で考えることを、お許し下されば、幸いです。

私は技術屋でした、二十代の頃、先輩から「小松君、設計者は、自分が設計したモノの欠点をよくよく考えなさい、良い所などは、どうでもよいのです、欠点の為に全体がメチャメチャになるのですから……」と言われました。私が、自分の設計の良い点に有頂天になりやすい性格を、よく知った上での貴重なアドバイスでした。モノを相手に半生を送ってきた私ですが、前記のアドバイスは、対人関係にも同様に、重要な教訓でした。現在でも、いろいろな方とおつきあいする際、このことを常に念頭に置いています。何よりも重要視することは、相手の方と、うまく意思疎通ができるのかどうか？　今現在、相手の方は、私の伝えたいことを、どのようにおとりになっているのか？　正しく把握して下さっているのか？

それと、相手の方が、御自分の考えを、表現していらっしゃるのかどうか？

現実には、御自分の考えていること、感じていることを、表現するのが不得手な方が、かなり多い。更にそれを内攻させてしまって、あとになって、大爆発してしまう方が、ほんとうに多い、ということに気付かされます。

面白いことに留守番電話への応答のしかたが下手《へた》な方が、実に多い。八割強の方が、何も云わずにガチャンと切る、又は、短い応答をなさるのですが、要領を得ないのです。この場合、その後のおつきあいで、やはりなにかとうまくいかないで、終幕を迎えてしまうケースが多いのです。まだハッキリとは断定できないのですが、恐らく、これらの方々は、内言《ないげん》が豊富ではない、それと駈引《かけひき》を最優先に考えているタイプの方、なのかもしれません。かなり脱線してしまいましたが小《しょう》は隣り近所のつきあいから、大は国家間の折衝《せっしょう》まで、すべてコミュニケーションの善し悪しによる……。又々、云わずもがなの当然のことに、話がおちこんでしまいました。

さて次に気がかりとなることは、相手様がゆとり、余裕を、お持ちの状態なのか？　です。余裕の乏しい方はコワイのです。当方の、ちょっとした気のゆるみ、言葉の選び方の失敗などで、トンデモナイ反応の仕方をなさる……。ユーモアとかシャレを理解して下さるようなら、ひとまず安心です。

この他、極端にお金に窮《きゅう》している方、健康状態が著《いちじる》しく悪化していらっしゃる方などなど、キリがございません。

最後に、最近、つくづく思うことですが、うわさで物事を判断してしまう方。

御自分の眼と耳で、直接に物事の是非を判断なさらない方。換言すれば精神的に

無精《ぶしょう》なお方、これは自戒も含めて、最も警戒せねばならない人々と思っておりま
す。

逆のみかたからも書き連ねましたが、人を信用できる者は、しあわせです。最終
的には自分自身の精進《しょうじん》以外には、解決はないと思っております。

扉

和田《わだ》ミエ子《こ》
（北海道　67歳）

一年ほど関節の痛みに苦しんでいた。激しい頭痛があり、目が充血した。時折りの発熱も長引く。あちらの内科、こちらの整形外科と訪ねても、原因が突きとめられない。町立病院で精密検査した結果、担当医は「多分、ベーチェット病でしょう。難病です」と診断した。往々にして失明するとも言った。驚いた私は治療方針を求めて、遠方の大学病院へ駆けつけた。そのままの入院となった。三十三歳だった。反復する全身症状に追いつめられたとはいえ、台所へ立ったことのない夫と小学生の子を残しての闘病生活は、言葉に表わせないほど切ない。それなのに、難病の壁は厚く、待っても待っても明るい答えが返ってこない。ふた月、み月、眠れないままベッドに横たわって、絶望的な暦《こよみ》を数えていた。そんな時、一通の手紙が届いた。

裏には夫の上司の奥さんの名前が書かれている。封を切ると、便箋の中から切手のように薄っぺらな何かがひらりと落ちた。拾ってみると、ただの白い紙片だった。不思議に思いながら読み進んだ。時候の挨拶で始まり、流れるような文字は、同情と慰め、そして励ましの言葉を綴《つづ》っていた。

やがて謎が解けた。「その紙片は、あなたの運命を占います」とあった。「水と一緒に一気に飲み下してください。間違いなく胃へ落ちたなら、あなたの病気は必ず治ります」と書いてある。さらに「本山の教祖さまがお祓《はら》いしたお札《ふだ》です。素直な気持ちで飲んでくださいね」と書き加えてあった。

私は簡単に「御厚意に感謝いたします」とだけ記して返信した。二年の入院生活を送った私は、好転の兆《きざ》しもないまま、少しの視力を残して退院した。お祓いされたとかいうあの紙切れを飲まなかったことに悔いはなかった。

こうした誘いは一度で終わらなかった。十年近く経過して、あの一件を忘れた頃のことだ。

移り住んだ町で感じの良いスーパーを見つけ、週に一度のペースで夫と食料を買いに出かけた。何より鮮度に気を遣う私を見て、女性店員が声を掛けた。「奥さん、こちらの方が良いわよ。今朝、仕入れたばかりなの」。その助言は有り難かった。ベテラン店員は「ご主人と買い出しとは、ご円満ですね」などと冷やかしながら、いつも手助けしてくれた。

ある日、その店員が前触れもなく我が家を訪れた。私たちは旧知のように親しい挨拶を交わしていた。お喋りが盛り上がった頃、彼女は思い出したように包みを解き「つまらない物ですがお土産《みやげ》です」と味噌と羊羹《ようかん》を出した。天然素材だけを使った品だと言い添えた。そして、話題はさりげなく「神」へと移っていった。「私のように無学な者はさっぱり役に立ちません。奥さんのような人に入っていただければ、この宗教を広めるために、どんなに助かるでしょう」。直《ただ》ちに私の赤信号が働いて、水際でくいとめた。これまでに示した親切は、新興宗教の誘い水だったのだ。

どこから聞きつけるのだろうか、病んでいると、新興宗教ばかりでなく、劇的な効果を約束する器具や高価な健康食品を勧める声が数しれずかかってくる。また、「昔、お世話になったお礼です。こんな時は何かお手伝いさせてください」とエプロンを掛けて訪れた主婦が帰った後、大事にしていた記念の品が幾つか消えていたこともある。

こうした体験を重ねているうちに、外界が私を狙う恐ろしい世界に思えてきた。玄関をノックする音が怖かった。電話のベルに怯《おび》えた。身を守ろうとすれば、孤独と向き合うしかない。私は心の扉を閉ざした。白杖の訓練を受ける体力はなく、点字を学ぶチャンスも逃していた。家族のいない日中は、私を慰めるものは、NHKのラジオ「私の本棚」だけ。聞き慣れたメロディーで始まるその時刻を、ひたすら待つしかなかった。やがて、僅《わず》かに残っていた光が消えた。満たされない思いを抱えながら、歳月は容赦なく流れていった。

しかし、ある日私を驚かす情報が耳に入った。日本点字図書館の存在だった。点字を読めない人たちのために録音図書が作られていたのである。一九七〇年からの図書目録には数え切れないほどの蔵書があった。また、何種類もの情報テープもあった。利用を申し込んでから、私の暮らしは一変した。新鮮な風を受け、毎日が信じられないほど豊かになっていった。

そして、一九九四年の秋。帯広の音訳ボランティア「さざなみ」が編集したテープが届いた。そこで読まれたのは「全盲の青年がパソコンの電子手帳のソフトを作った」という新聞記事だった。パソコン、全盲、電子手帳、ソフト、音声機……何回テープを巻き戻しても、まさかと思う。思い切って聞いてみようと受話器を握った。
「私は中途失明した主婦です。予備知識がないので恥ずかしいのですが、新聞記事にあったことを説明していただけませんか」と尋ねた。「先《ま》ず、パソコンと音声機をセットします」と答えてくれた。困った。はや何のことやら判《わか》らない。「セットとは」。頭の回線は一向に繋《つな》がらず「長々仕事のお邪魔をしてはいけない」と思い、電話を切った。こんな初歩的な質問には盲学校はどうだろうと思いついて聞いてみると、「見学されては」とのご返事をもらった。

学校には点字の機器、仮名《かな》タイプなど、いろいろ揃《そろ》っていた。私が知りたいパソコンは、ケーブルで繋いだ音声機のガイドで入力し、文字変換するものだという。「音声のガイドがあるなら私にも扱えるかも知れない」。是が非でもと心は逸《はや》ったが一つ重大な問題が残っていた。独学は絶対に無理と言う。ならば、どこで学んだらよいのだろうか。一瞬の暗転に帰りかけた時、誰かの声がした。「帯広で鍼灸治療院をされている視力障害者の方が自宅を開放して、業界の若い人たちと月に一度勉強会をしています」。私は聞き逃さなかった。門外漢の不躾《ぶしつけ》を省みる余裕はない。

翌日、営業車で走った。「どうしても文字を書きたいのです。教えてください、お願いいたします」。私は断わられまいとして必死だった。前途危うい老婆の申し出に、相手はさぞ戸惑ったことだろう。会長の鈴木さんは、声から察するに我が息子と同じくらいの年齢のようだった。

機種を決め、注文の一切をお任せして我が家に届くまでの一カ月、まるで子供のように待ち遠しい日を数えた。

さて、勢いにまかせて始まった挑戦は、パニックだらけの日々となった。月に一度カセットテープを持ち込んでの学習だけでは、どうしても専門用語や操作を覚えきれず、トラブルを解決できない。何回も会長宅へ伺い、救いを求めた。

やがて百日が過ぎ、北の寒波が峠を越した頃、私は懐かしい文字と再会した。二十五年ぶりだった。こうなると、喜びを分かち合ってくれる友人を、声ではなく、文字で驚かさずにはいられない。

「私の歴史に奇跡的な一ページが加わりました。

晩学の春　パソコンの筆を持ち
道しるべ　あしたを探す杖に触れ」

と、つたない句を添えて投函した。

再び年賀状を出せるようになって五年目になる。今年もその季節がやってきた。

住所録の整理のためにカーソルを動かしていた指が止まる。いつの間にか、視力を失ってから出会った人が大半を占めるようになった。

この人たちは、苦境に立っていた私を支えてくれた人ばかりだ。貴重な時間を割《さ》いて差し出してくれた手は、どれも、いつも、やさしく温かかった。誰も心の中へ無神経に踏み込んでくるようなことなどしない。ただ、助けを求める私の声に、謙虚に応えてくれようとするのだ。

かつて出会った人たちも、きっと善意から出発していただろう。けれども、あの人たちは、私の声に耳を傾けようとはしなかった。そのかわり、「自分の中の神や正義」を、他者の心の扉をこじ開け、授けようとした。今はわかっている。一方通行の善意はとても悪意に近い。

最近、岡崎市の友人に、希望する本をインターネットで送信してくれる団体の存在を教えてもらった。注文のメールを入れた。名古屋にあるNPOデジタル編集協議会「ひなぎく」は、「あまりお待たせはしません」とメールをくれた。まもなく、岩波文庫編「言葉の花束」のテキストをひもとき、拙《つたな》い文をレベルアップできるだろう。あれから毎日私は、恋文を待って郵便受けを覗《のぞ》くように、ドキドキしながら、ノートパソコンの蓋《ふた》を開けている。

心友

福島《ふくしま》 朱美《あけみ》
（大阪府　29歳）

昔からわりと人見知りをする方で、自分から入り込んで行くタイプではないし、自分が本音《ほんね》で話せるようになるまでにはかなりの時間が必要だ。

幼少時代からの友とはもう二十五年以上のつき合いで、「あの頃遊んだ公園は公民館になった」だの、「あそこの駄菓子屋のおばあちゃん、どうしているのかな」など、昔話に花が咲く。学生時代の友とは、やはり当時は青春、多感な時期、部活動や恋愛話で盛り上がる。ＯＬ時代の友とは、仕事のウップンをはらした場所で飲んで歌って大騒ぎ。母となった今は、子供の幼稚園のお母さん友達と教育のことで相談したり、子供の性格について話したりすることが多い。

どの時代の友も私にとっては大切な友であり、今続いている友情関係、友達づき合いはこれから先も続けて行きたいと思うのですが、私には、私の分身のような特別な友がいます。その友とは、十七年来のおつき合いになるのですが、この十七年間でその友にお会いしたのは実はたった一度だけなのです。十七年の中でたった一度しか会っていないのに、特別大切な友と言い切ってしまうのはおかしな話で、あり得ないことかもしれません。けれど彼女こそが私にとって本当に信頼できる友なのです。

私が彼女と出逢《であ》うことになったきっかけは、十七年前のある新聞の文通コーナーでした。当時、私は島根県、彼女は神奈川県に住む小学六年生。二人ともお互いの住む場所が日本のどの辺《あた》りにあって、どんな所なのかもピンと来ませんでしたが、同じ歳《とし》ということでまずは文通が始まりました。

学校生活や友達のこと、好きな芸能人の話や読んでいるマンガの話題など、普段身近にいる友達と学校で話すことと変わりはないのですが、顔も家も知らない遠く離れた街に住む彼女との手紙での会話は、とても楽しいものでした。私は学校から帰ると真っ先にポストをのぞいて、彼女からの手紙を楽しみに待っていたものです。しばらく返事が来ないと、かぜでもひいて寝込んでいるのではないか、この前送った私の手紙がどこかへ紛れ込んで届いていないのではないか、などと心配になったりしたものです。

そのうちお互いに写真を送るようになったり、電話で話をするようにもなり、私は彼女をますます身近に感じるようになって行きました。同じ歳の友達なら周りに沢山いたし、ほとんど毎日学校で顔を合わせるのでいつも色んな話をしたし、顔を見たらその日の友達の御機嫌だって分かりました。

でも、彼女には、親や兄弟、友達にも話せないことや悩み事など、全部正直に話せたのです。それはきっと会えないから、手紙だから話せたということもあるのだと思いますが、他の誰にも相談できなかったこと、打ち明けられなかったことを彼女にはずっと話して来ました。少しも飾ることなく、気取ることなく、繕《つくろ》うこともなく……。

そうして学生時代の友人や彼のことを話し、高校受験と短大受験も一緒に励まし合って乗り越えて来ました。喜びも、悲しみも、苦しみも、彼女とは同じ気持ちで分かり合えました。子供から少しずつ大人へと成長し、そして今、私も彼女も結婚し、しっかり妻と母をしています。

今から二年前、ちょうど文通歴十五年目のことでした。どちらからともなく「会いたいね」「会おうね」という内容の手紙を書くことが多くなり、ついに、と言うか、やっと、と言うか、私達は初めて『御対面』したのです。しかも初めて会うというのに、私達は「京都一泊温泉旅行」と題して記念すべき初対面の時を迎えました。とても寒い二月のことでした。冷たい風に私はコートのえりを立て、待ち合わせの新幹線ホームで彼女を待ちました。写真でしか見たことのない彼女の姿が目の前に現われた瞬間、何とも言えない思いが胸一杯こみ上げて来て、二人して抱き合って泣いていました。それは私達にしか分からない、二人の中にしかない特別な感覚でした。

　しばらく感動と興奮で舞い上がっていましたが、すぐに意気投合というか、初めて会った気が全くせず、昔からずっと一緒にいたような、とても不思議な安心感がありました。京都での二日間、私達はお酒を注《つ》ぎながらおいしい京料理をいただき、宿の温泉で背中を流し合いました。手紙と同じようにたわいもない話をしながら……心も体もポッカポカでした。彼女と二人、肩を並べて歩き、一緒にお酒を飲み、温泉で背中を流したことがとても不思議な感覚で、忘れられません。楽しい御対面旅行も終わり、別れの時、私達はまたボロボロ泣きながら別々のホームへ。今度はいつ会えるのだろう。「また明日ネ!」と言えなかったことがとても悲しかったのを覚えています。

その後も私達は、これまで通り手紙と電話のやり取りを楽しんでいます。私には三人、彼女には二人の子供がいるので、今はほとんど毎回、手紙と一緒に子供や家族の写真も送ります。離れていても、彼女をとても身近に感じています。私も彼女もまさかこんなに長く文通を続けて来られるとは、考えてもいませんでした。今では、おばあちゃんになっても続けて行こうネ、と話しています。

この十七年間の手紙のやり取りの中で、私は自分の思いや考えを正直に話し、小さな相談事から大きな悩みまで全部彼女には話してきました。時には共感され、時には怒られたりもしましたが、私がここまで彼女のことを身近に感じるのは、私と彼女はとても似ているところが多いからです。小さい頃の家庭環境とか、子供に対しても夫に対しても考え方が本当によく似ているのです。

似ている、というだけでなく、彼女とはよく偶然が重なります。例えば、声が聞きたくなって電話をかけようと思っていると、彼女から電話が。ふと、季節のハガキや旅先からハガキを送ると、ちょうど彼女からもハガキが届くので消印を見てみると同じ日付。こんなことは今まで何度もありました。不思議ですが、彼女とはどこか通じ合っている、そう思えて仕方がないのです。

そして、また偶然にも去年、二人ともちょうど同じ時期に病気になり、私は二週間の入院生活を送りました。私も彼女も今もまだ通院生活が続いていますが、また一つ、お互いに同じ目標を持って励まし合い、頑張っています。

先日、彼女からの手紙に、「親友」以上の「心友」へ、と書かれてありました。まさに、私にとっても彼女は「心友」。心の友です。遠く離れていても、会えなくても、私と彼女の間には強い信頼関係が生まれ、心と心の言葉が通じ合い、ここまで来れたのだと思います。

これから先も、彼女は私の心をずっと見続けてくれることと思います。彼女のお陰で、私は自分に正直になれる気がします。

私は用心深いところがあり、すぐに人の顔色をうかがってしまいます。人を信じるということは決して簡単なことではないと思うのです。裏切ったり、裏切られたり、一度信用をなくしてしまうと、もう一度信用を取り戻すことは難しい、いや、できないのではないでしょうか。

私は彼女という「心友」を持って幸せです。

チュウ助と呼ばれた男

木《き》村《むら》和《かず》男《お》
（兵庫県　73歳）

小学校の同級生に林忠助という子がいた。林はおとなしくあまり目立たない子で、皆からチュウ助と呼びすてにされており、口の悪い連中たちには、ネズミと言われていた。

いつも子守りをしており、仲間には入ってこずに、幼い弟や妹の世話をしながら、ぼく達がど馬《んま》や缶蹴りに興じるのを、にこにこと笑いながら見ていることが多かった。

長男の林には、小学校に通う弟と妹がおり、その下にまた弟と妹がいた。母親は、いつもねんねこで赤ん坊をおぶっている。

ぼく達が暮らしていた兵庫の町は、細長い神戸でもいちばん幅の広い地域で、和田岬から会下山《えげ》までつづいていた。

祖母の言うところでは平清盛いらいの由緒があり、そういえばやたらとお宮やお寺が軒《のき》を連ねており、歴史を感じさせる町並みである。林の家は表通りから奥まった長屋の六畳と三畳の二間であった。向かいの庇《ひさし》に雨傘を差し渡して干せるくらい狭い路地裏で、陽はあまり射《さ》さない。水道も便所も共同である。

五年生の修学旅行は京都行きであったが、林は参加できなかった。このことがあって、卒業旅行の伊勢参宮に備え、林は新聞配達をはじめた。

大人の着る法被《はっぴ》の袖をまくり上げ、肩から吊るした新聞を揺すりながら配達する小柄な林の姿は、あまり恰好のよいものではなかった。この頃にはもう日中戦争が始まっており、戦果を伝える号外がたびたび出た。その都度、授業中でも新聞店から呼び出しがあった。町で号外を配る林を見かけたことがある。腰にぶら下げている鈴が、小走りの躍動に合わせて勢いよく鳴っていた。

しかし、この努力も実らず、伊勢参宮に加わることは叶わなかった。林は、もう一人の不参加者とともに、ぼく達が卒業旅行にいっていた二日間、校長室の隣りの部屋で勉強することを命じられた。

綴り方集〔卒業旅行の思いで〕に林はこう書いている。

『五年生のとき、京都りょ行にいくことができなかったぼくは、卒業りょ行の伊勢神宮さんぱいには、どうしてもみんなといっしょにいきたくて新聞はいたつをしてがんばったが、やっぱりだめだった。

一ばん下の弟がびょうきになり、母がぼくのちょ金をつかってしまったのだ。みんなのたのしそうな話をきくと、ひじょうに残ねんだ』

林が一度だけぼくの家に遊びに来たことがある。どうして遊びに来るようになったのか覚えていないが、この日も、林はいつものように幼い弟と妹を連れていた。

初めはおとなしく様子を窺《うかが》っていた弟と妹は、そのうち馴れてきて家の中を走り回り始めた。碁盤を見つけると、白石と黒石を並べて遊びだし、その横で林はぼくの『少年倶楽部』に見入っている。

碁石並べに飽きたのか、弟と妹は段梯子《だんばしご》をなんども上がったり下りたりして、きゃっきゃっとはしゃぎまわった。この様子を見た林は、気をつかったのか、

「ぼくの家、二階がないから、段梯子が珍しいんや。かんにんしたってな」

そのうち、大きな音が響いて、ぎゃあーと悲鳴が聞こえてきた。二人が段梯子から落ちたのだ。それも大分上の方からのようだ。

もの音に驚いた母がかけつけて、泣き入っている妹をあやした。こんなことには慣れっこなのだろうか、林は落ちついたものである。

母が二人にチョコレートを握らすと、ともに泣き止んだが、チョコレートを食べようともせず見入っている。初めて見るものらしい。母が食べるようにすすめると、林は、

「半分こにしよな。これは兄ちゃんと姉ちゃんに持って帰ったろ」

と、二人を諭《さと》し、一つを剝《む》いて分け与え、もう一つを家にいる弟や妹のためにポケットに納めた。

林の父親は港湾労働をしていた。いつも酔っぱらっており、泡盛《あわもり》店の前で、強い酒に足を取られて歩けなくなって座り込んでいるのをよく見かけた。そんな父親を連れ戻そうと小さい体の林が、一所懸命に引き起こしていた。

父親は仕事中、荷物の下敷きになって亡くなった。お葬式は霙《みぞれ》が降りしきる寒い日で、路地はぐちゃぐちゃに泥濘《ぬかる》み、葬列は乱れがちであった。父親の死が理解できないのか、幼い弟と妹は嬉しそうにはしゃいでいた。二人の手を引いて列に従っている林は、見送りに並んでいるぼく達の前を、顔を伏せたまま通り過ぎていった。

一緒に遊ぶことの少なかった林は高等小学校にすすみ、ますます縁遠くなり、道で会ってもお互いに手を挙げて合図をするくらいで、言葉を交わすこともなくすれ違った。

そのうち戦争の逼迫《ひっぱく》にともなって、街がだんだんと荒《すさ》んでいき、林と会うこともなくなり、やがて、空襲がすべてを灰にしてしまった。焼け残ったのは、いまのJRの高架と煙に煤《すす》けた小学校の校舎だけである。焼け出されてから四、五日この校舎で過ごしたが、罹災者《りさいしゃ》でごった返す校舎のなかに林の姿は見かけなかった。

その後、戦争も終わり、林のことを思い出すこともなく時は流れていった。

枯れ葉が吹き寄せられるように辿《たど》りついた西播磨の城下町で、ぼくは家庭を持ち、子供も儲けた。そんなある日、どうしてぼくの所在が分かったのか、卒業二十周年を記念した小学校同窓会の案内が届いた。案内と一緒に小冊子が入っており、同窓生の文集が謄写印刷に纏《まと》められている。同じような内容の並ぶなかで、林忠助のつぎの一文が目を惹いた。

『女の子を授かりましたが、残念なことに生まれた子供は障害児でした。不運なこの子に私たちの全てを尽くすことを妻と話し合い、あとの子供を諦めました。

障害児を抱える親たちのサークルに入っていますが、同じ重荷を持つ者同士の強い絆《きずな》に結ばれ、励まし合う毎日です。

あとに残るこの子の将来を考えると胸が痛くなりますが、できるだけ節制を心がけ、一日でも長く傍《そば》にいてやりたい……。

これが妻との合い言葉になっています』

同窓会場の隅の方に座っている林を二十年ぶりに見たが、風貌はあまり変わっていない。声をかけようと近づいたが、娘さんが障害児だということにこだわりを覚え、気持ちだけが空回《からまわ》りして、話しかけることができずに一人焦《じ》れていた。そんなぼくに気付くはずのない林は、隣りの男と話し込んでいる。

それぞれが立って近況を述べた。終わり近くに指名された林は、気負ったふうもなく淡々とつぎのように語った。

「政治も、経済も動かさず、ひと筋に市電を動かして、気がつくと二十年近い歳月が過ぎました。これからも、やっぱり市電を運転していきたいと思っています」

届いた名簿の職業欄には、神戸市交通局勤務と書かれていた。

初めに立って挨拶した区会議員や、親父の会社を継いだ社長の長い話のあとであったから、そのさわやかな語り口に共感を覚え、思わず称賛のかけ声が出かかった。しかし、林への迷惑を考えると、声にはせずに呑《の》み込んだ。

散会のあと、林の姿をもとめて語りかけようとしたが、とうとうこの日は、言葉を交わすこともなく別れた。

それから、また長い年月が過ぎて、あの大きな地震が神戸を襲った。

ボトル入りの飲料水やトイレット・ペーパーを車に積んで被災地に向かったが、林の住所を忘れずに控えていた。同窓会場で眼《ま》の当たりにした鮮烈な林の印象が忘れられず、おりにふれ思い出していたのだ。

あの時、言葉を交わすこともなく別れたが、その後、林に変わりはなかっただろうか。障害をもって生まれてきた女の子や、奥さんは元気でいるだろうか。

親戚や友人をたずねたあと、陽が落ちて暗くなったころ辿りついた林の住所のあたりは、倒壊した家屋の残り火がちょろちょろと燃えつづけており、闇のなかで、まるで鬼火のように見えた。

もの音も聞こえず、人の気配もない。

静まりかえった焼け跡にしばらく立ち尽くしていたが、ふと気付いたら、痺《しび》れるような寒さである。思わず胴ぶるいがした。

林と、その家族は何処《どこ》へ行ってしまったのだろう。

重い心を抱いてその場を去った。

消息の分からないまま、林とその家族の安否に思いの募る日が過ぎていった。ある日、なに気なく読んでいた新聞の家庭欄に林忠助の名前を見つけた。

〔歯のコンクール〕老人の部で、第一位に挙げられ、表彰を受けているのだ。

『一本の虫歯もない』と激賞されており、独特の名前と、年齢の一致から推して、これは林に違いない。

奥さんと一緒に力を合わせて子供を守りながら、市井《しせい》の片隅で力強く生き抜いているのであろう。そんな林の姿を想像すると、胸の痞《つか》えが下り、思わず、大きな拍手をおくりたい衝動にかられた。

『一日七回、食事の前後と寝る前に、三分間ずつ歯を磨くことにしております。箇所によって使い分けるため、歯ブラシは常に五本備えております。それにもまして、なによりも丈夫なこの歯を授けてくれた両親に、感謝せずにはおれません』

これが、林の感想であった。

謝々《シエシエ》

久保《くぼ》よしの（岡山県　65歳）

ひょんなことから文通しはじめてもうすぐ一年になる相手は、おん年《とし》私の半分。六十五歳と三十三歳である。その彼は口が重くて電話でのオシャベリは大の苦手だと言う。お父さんは棟梁《とうりょう》で、口べたな彼は親の仕事を手伝っているのだ。

そもそもの出逢いは〝夢の超豪華列車〟の中である。私は、岡山から北海道の真《ま》駒内《こまない》スケート・リンクへ滑りに行くための一人旅であった。彼は横浜の自宅から京都へぶらっと一人で。そこで一泊した翌日、大阪始発のトワイライト・エクスプレス号に乗った、というのだった。私は一号車で彼は二号車。どちらも二人用個室だったが、一人で利用していて無風流だった。十二月初めのことである。

終点の札幌で別れる時、『手紙出します』と言った。口数の少ない彼が言ったその言葉は、信用していてハズレなし、という感じがした。しかし十日たっても来ない。電話番号も名前も聞いていなかった。二週間もたってやや大きい封筒が舞い込んだ。それ以後、月二回ぐらいの文通が続いている。

『まとまった休みがとれたら寄せてもらいたい』と言っていたが、日本人の大勢が大移動するというお盆の頃にも来なかった。

そして九月七日夕方、予告もなしにひょっこり現われた。〝突然で申し訳ないが寄せてもらいます〟のはがきはなんとその翌日届いたのだった。

私が昔ながらの建築の銭湯をやっていると話してあったので、彼は横浜からちゃんと木の桶《おけ》を買って来た。トランクは岡山駅のロッカーに入れ、木の桶を持ち下駄をはいて、ローカル線四分、そこから三分のわが銭湯へやってきた。彼の下駄には、もう驚かない。あの豪華列車の旅でさえ下駄ばきだった。十二月に北海道へ向かう車両の中でさえ素足に下駄の彼だったから、九月の岡山、しかも銭湯へ来るのだから、木の桶を裸でぶら下げて下駄ばきなど、彼に言わせれば当然の格好なのだ。

彼がのれんをくぐった時、わが夫は真向かいの公園でキャッチ・ボールを楽しんでいた。

「ダンナさんはどっちの人ですか？」

「そんなン、どっちでもええねン」

強硬にことわっているのに、あっさりとは引き下がらなかった。夫がどちらなのか教えないので仕方なく疲れを流す方をとった。

〝青春18きっぷ〟で来たというから、疲れている筈だった。夫は四十二年間、番台にはめったに坐ってくれないので、私は晩ごはんも用意してあげられない。番台に釘づけだ。

彼は風呂から上がって近くの焼肉屋へ行った。ホテルはどこも予約していないと言う。

「ウチの人は最後の親孝行やいうて、母親の家で寝泊まり。二階と下で非常ブザーつけて休んでンねン。せやからあっちの家は私一人、寝てるだけで、生活はしてへんねンよ。せやし、どうぞ」

「ご親切はありがたいけど、その厚意は受けられません」

口が重い人なのに、こんな時はハッキリ言う。ニクイ人。

「なんで？　泊まってよ」

「そんなこと言うんだったら公園で寝ます」

実はささやかなアパートを銭湯の隣りでやっていて、八号室は空いているのだ。一つや二つ、いつでも空いてるらしい、と、彼もうすうす知っていたと思うが、私は半ば内緒にしていた。鈍行でとことこ来てくれた彼に、ベンチでは寝てもらえない。

仕方がないので、八号室を提供した。

閉店後、舞妓はんが食べるようなおむすびを、梅干しやかつお、ごま、のり、葉唐がらしでトッピングして差し入れた。熱い煎茶と一緒に。

私が八号室のドアをノックした時も、部屋の中には入れないよう故意にしていたと思われた。ドアを開けた所に彼がいて、私は一歩も内に入っていない。

彼が木の桶を持って浴室に入って行く時、ちらッとたくましい腕っぷしを見たこともあって、デザートのぶどう・巨峰は多めにしておいた。

「もうなンも持って来んからオヤスミ」

「おやすみなさい」

「しらん。もうキライ」

自分の年も忘れて、いたずらっぽい目でオヤスミを言った。心の隅では一割か二割、〝これでよかったんや〟とも思っていたのだが……。

さあ、いつものようにのんびりと熟睡の境地に入ればいいのに、どうしてもだめだ。年中、私は〝どすん・ぐうーッ〟なのに。眠れない。私の部屋の前の出窓から、八号室の南の窓がいつもよりぐーんと近くに見える。明あかとしている。南側の窓を開けた方が心地いいのに開けず、国道側の西の窓を開けているらしい。南はカーテンまできちんと閉めている。

〝あんなくちばしの黄色いのン相手にして、眠れんてなによ。バカみたい。もう寝よッ〟

と、言い聞かせ横になる。しかし眠れない。見に行かなくてもいいのに、起き上がって再度出窓の方へ。〝まだ電気ついてる。寝てへんなア〟。自分が情けなくなって〝平常心・平常心〟と、繰り返しながら横になる。眠れない。とうとう午前一時頃から六時頃まで殆ど一睡もせず。

彼はウチで二、三泊でも、と、漠然とした予定でいたらしい。来た時すぐに聞いた話だった。が、私は言った。

「今日ここから出て行ってくれんと、私、頭が変になりそう。すまんけど、あんたがいたら一睡も出来ひんので、どっかへ行って」

八時頃、朝ごはんを持って行った時に告げた。すると、彼はあてもないのに、私に申し訳ないと思ったらしく、すぐに引きあげる用意をした。正午過ぎローカル線の駅まで送った。中間考査だったのか近くの女子高校の学生さんがホームに溢れていた。イチローもどきの彼が下駄ばきで目立っている。四方八方から鋭い視線がささっていた。一緒に話す私はゴマ塩頭のショート・カットで、その眺めはさぞおかしなものだったろう。私は彼と別れたらぐうぐう眠らないと身がもたない。日頃から空腹より睡眠不足の方がこたえる私だったから。

「学生さんに遠慮してたら乗れんよ。圧倒されず、男らしくね！　これからどこへ？」

申し訳ないやら可哀相やら。「分かりません。岡山駅に着いてから考えます」

翌々日の夕方、ひょっこりまた現われた。番台の近くへ来て「ダンナさんに挨拶してないのが気になって……」と言いながら、山口までぶらっと行って来たことなどを話した。

「これはダンナさんに、これは……」

夫には〝ふくの唐揚げ〟、私には和菓子を差し出す。インターホンで夫を呼ぶ。

男子下駄箱の前で男同士初めての握手をして、何やらしゃべっていた。ふだんから私のしていることに無関心な夫で、〝横浜の友だち〟と以前から話の中で紹介していたので、勘ちがいしていたらしい。〝中華街近くの人〟と言ったのを〝中国の人〟と……。お土産を左手に夫は「謝々《シエシエ》！」。唯一知っている中国語の挨拶を、二度も三度も繰り返していた。イチローもどきは複雑な表情。私は助っ人で出た。

「あんたァ、この人、日本人やでェ」

「ぼく中国人に間違われたのは初めてです」

と言いながら、彼は頭をかいている。ふだんから人の話をちっとも聞いていない夫が恥ずかしいやら、大笑いをもたらしてくれてよかったやら、ほんまにややこしい気分だった。

彼はローカルの駅で別れる時、「また来ます」と言った。私は、

「大人になって来てほしい。子供のままやったら来んといて。気が狂いそうになるから……」

「そんなむずかしい意味分かりませんので、帰ってから字引で調べます」

なま物のふくの唐揚げは、注意事項を守りつつ調理。格別の味だった。食べなが

ら考えていた。〝あの子はいつも約束はきちんと守る子やけど、ほんまに来るやろか？　大人になって……〟

しかし今のまま、夫と三人、いつまでも底抜けに明るく笑っていられる関係で、永く友情を保つ方がいいと、思うようにもなっている。

来年にでも「いい人が決まりました」と言って連れて来るかもしれず、心の底では私もそれを切望しているのだ。

〝今どきの若者は……〟と、良くない方でしょっちゅう引っぱり出されるが、こんなに約束を守り信用できる青年もいるのだ。

私は、真夏のひどい夕立のあとのような気分にひたっていた。

人生の師・佐藤愛子先生のこと

照本《てるもと》梨沙《りさ》
（東京都　21歳）

今年の秋、私は作家の佐藤愛子先生にお会いした。

世田谷区太子堂の閑静な住宅街に、先生のお宅はある。西太子堂の駅で降り、踏切を渡って、果物屋や赤と青のらせん模様の宣伝棒が立った床屋の並ぶ細い通りを進んでゆくと、小さな神社に出る。その神社の脇を抜け、やや上り坂になった路地を何度か曲がると、佐藤愛子、とフルネームで書かれた迫力のある表札が目に入った。私は大きく深呼吸をして、チャイムを押した。

私の横には、二人の編集者が同行していた。編集者、といっても私と同じ早稲田大学の学生である。私達は早稲田大学第一文学部文芸専修機関紙『蒼生《そうせい》』の編集をしていて、インタビューのために佐藤先生のお宅を訪ねたのだ。私は先生の書かれた文章を読むことによって、また、その作品を通じて伝わってくる先生のお人柄を吸収し、自分をつくっていったのだと言える。

私が佐藤先生の名前を初めて知ったのは、小学校の高学年のときだった。今年四十六歳になる母が佐藤先生の大ファンで、『戦いすんで日が暮れて』や『幸福の絵』などの作品がいつも卓袱台《ちゃぶだい》に置かれていたからだ。

「その人の本、何が面白いの？」

ある日、私は母に訊いた。

「この人はいつも本当のことを見ようとしているから、嘘がないのよ」

幼い私にとって、その抽象的な答えはよく理解できなかった。母は私にではなく自分に向かって言うように、こう続けた。

「悲しいときに泣く人より、悲しいときに笑う人のほうが本当はずっと悲しいのよ」

私の母は、どんなときでも陽気に笑う人だった。私は友人達に「梨沙ちゃんのお父さんは怖そうだけど、お母さんはいつもニコニコしてて面白い人だよね」といわれ、とても嬉しかった記憶がある。そのころの私にとって、「面白い」ということは最大の魅力だったからだ。そして、私の周りで一番面白い人は母だった。

母は変わった人だった。夏休みの課題の工作を作るため、私が「組み立てて色を塗るだけでできる」ログハウスのキットを買おうとすると、母はこういって怒った。「出来上がりが最初から分かっているものの何が楽しい！　自分で創造するのが子供というものです！」。私はログハウスをやめ、千代紙で花束を作ることにした。するると、母は笑いながらいった。「そんなヘナヘナした鼻紙みたいなものを作ってどうするの！」。

結局、私が課題工作として学校に持っていったものは、私の身長ほどもある、紙粘土で作った巨大な般若《はんにゃ》のお面だった。それは母のアイディアによるもので、ほとんど母一人で作ったものだった。私が粘土をこねていると、母は「そんなんじゃダメ！　気合が足りない！」といって奪い取り、夜を徹して作ったのであった。可愛らしい小物入れや刺繡の入ったクッションなどが並ぶ女子の作品の中で、私の作品は抜群に目立っていて、恥ずかしかった。私が母にそれを訴えると、「人と同じものがいいなんてのはくだらない考えです！　カッコよさは他人の判断の中にあるものではない！」と演説が始まった。私は母を「困った人だ」と思う反面、そんな母を面白く思っていた。

また、母は人の特徴を一瞬でとらえるのがうまかった。母はテレビを見ながら、「ひねキュウリ女」とか「伸びきった靴下みたいな男」などと笑いながら批評していた。母の批評はどれも冴えていて、私はそれを聞きながら笑いこけた。父は「ママはこういう頭だけはあるんだから……」と呆れながらも感心していた。母は何でも笑いに変えてしまえる魔法をもっていたのだ。

中学に入ると、私の環境は一変した。私の家では夫婦喧嘩が頻繁に起きるようになったのだ。私は原因もよく分からぬまま、二人が争う声を聞きたくないために早く寝たふりをしていた。ようやく二人の怒鳴り声が聞こえなくなった夜中に、私は眠れないまま居間に下りた。そんなとき、母はたいてい一人で酒を飲んでいた。焼酎のお湯割りを浴びるほど飲みながら、母はろれつの回らない口調でこういった。

「明日になったら、ママは元気になるからね……」

私は酔いつぶれてソファーで眠ってしまった母に毛布を掛け、真っ暗な階段を上って自分の部屋へと戻った。

高校に入ると、父と母の諍《いさか》いは激しさを増した。私はそれが、父の経営する古本屋でアルバイトをしている中年の女性と父が、私が小学生のころから愛人関係にあるのが原因だということがわかった。父は否定したが、母は信じなかった。

「よくもあんな化粧の厚い卑しい女と愛し合えるわね!」

母は酒を飲むと父親にくってかかった。

「よくもそんな根拠のないことを」

「あなたは卑しい人よ! 金のことしか考えなくなったわ!」

喧嘩は夜中まで続き、私は酔った母をなだめるのに精一杯で、いつも明け方に疲れ果てて泣きながら眠った。私の成績は最下位に近く、私は過酷な現実から逃れるために本ばかり読んで過ごすようになった。

私はあれほど陽気だった母の変わりようが信じられなかった。父と争っているときの母は醜かった。私の大好きな「面白い母」はどこにいったのだろう?

ある日、私は母の本棚に並んでいた「佐藤愛子」の本を何気なく手に取った。

『戦いすんで日は西に』というそのエッセイの中に、私はこんな文章を見つけた。

「人生は悲劇である。悲劇であるからこそ私はユーモア小説を書くのだ。いっそ悲劇を喜劇にしてしまうことによって、私はそれに耐えようとしている」

私はこの文章を読んだとき、いつも笑っていた母のことを思い出した。そしてその笑顔の裏にあった悲しみと我慢の堆積を、ようやく窺い知ることができたのだった。母にとっての「本当のこと」とは、決して笑顔の中にだけあるものではなかった――。

私はその日から佐藤先生の本を読み漁《あさ》った。先生が二度の離婚を経験されて、二度目のご主人が破産してできた借金を一人で背負われたことを知り、私は胸が熱くなった。雑誌で拝見する先生の写真は、いつも元気いっぱいの笑顔だった。

高校三年のとき、父の愛人と噂された女性が横浜へ引っ越したことで、我が家の波乱は鎮まった。私はその年に希望の大学に合格し、家を出た。

私達のインタビューの中で、佐藤先生はこうおっしゃった。

「小説を書くということは、真実に向かって掘り進んでいくということなんです」

先生は倍以上も年の離れた私達若造に向かっても、何一ついいかげんな答えを返さなかった。先生の歩んできた人生や文学に対する思いについて、現代の価値観について、一つ一つ言葉を選びながらユーモアを交えて誠実に答えてくださった。

「自分は不幸だということを言い立てる人がいるけれど、私は同情したりしないんです。その不幸を乗り越えることによって、新しい出発があればいいと考える人間ですから」

人間は楽しいときにだけ笑うものでもないし、悲しいときにだけ泣くものでもない。人間のあらゆる感情を愛情深く見つめ、「本当のこと」を見ようとしてきた作家の前に座り、私は言葉が出なかった。

インタビューが終わったあとも、原稿のチェックをお願いするなどの用で私は何度か先生と連絡を取った。先生のお宅に電話を掛けると、必ず先生御本人が出る。その都度先生は原稿に対する感想をおっしゃってくれたり、アドバイスや励ましの言葉を掛けてくださった。機械的に対応する事務所を通じて作家とやりとりすることの多い現代では、佐藤先生のような方はとてもめずらしい。私は無報酬でインタビューを引き受けてくださった先生の人となりに、ますます好意と尊敬の念を抱くようになった。

先生と会ったことを電話で告げると、母はいった。

「女の中の女でしょう?」

佐藤先生は私の、そして母の永遠の人生の師である。

小さな門松

高市《たかいち》俊次《しゅんじ》
（愛媛県　52歳）

　正勝さんは、小柄で痩《や》せ肉《じし》の人だった。昭和九年生まれ。「正勝」という名前は、彼の父親の命名である。少国民と呼ばれ、少年時代を戦争の中で過ごした世代である。

　亡父の小学校時代の教え子であるが、父は彼のことを、「正ちゃん」と呼んでいた。父の生前は毎日のように出入りしていたが、私が正勝さんと付き合うようになったのは、父が亡くなった三十五歳の頃からである。

　正勝さんの家は、米作りの農家であったが、昭和五十年頃田圃《たんぼ》をつぶし、蜜柑《みかん》を作り始めた。季節ごとの野菜や果物を、穫《と》れたからと言って、よくわが家に届けて来た。

父は、戦後すぐ肺病を患い、胸郭成形手術を受けていて、左側の肋骨《ろっこつ》のほとんどを切除しており、私が小学生の頃は職もなく、一日中家にいた。母がかわりに働きに出ていたが、兄弟五人を養うのに、正勝さん持参の野菜や果物は、随分助かったことと思われる。父は、炊事などは、苦にならないようだった。

今考えてみると父は、暇だったせいもあるだろうが、かなり物好きだったようだ。鮎釣りの毛鉤《けばり》を自ら作り、投網《とあみ》を打ち、猟銃で鳥を撃ち、ありとあらゆる動物を飼い、葡萄《ぶどう》を、私の住む地方で初めて作り始めた。

飼ってはいけないと言われた国鳥の雉《きじ》を飼い、山犬に食われてしまった。蜜蜂を五箱飼っていたこともあるが、蜜蜂は春と夏に分封し、巣分かれをする。その時、女王蜂を捕まえようとして全身を刺されたが、三日寝込んだ後、お陰で神経痛が治ったと喜んでいた。

山羊《やぎ》も、七面鳥もいた。大きくなって、おまえは山羊の乳で育ったのだと言われたが、七面鳥には庭の隅に追い詰められて、何度も泣いた記憶がある。おそらく、すべて父の気まぐれな思いつきによって、正勝さんが集めてきたものにちがいなかった。

庭に、大きな沈丁花《じんちょうげ》があった。今は根が浮いて枯れてしまったが、この木も正勝さんが植えたものであった。春の訪れとともに、いい香りが流れてきた。父は、そのことを俳句に詠んだ。闇の中で匂う沈丁花を頼りに曲がって、家路につくというような句であった。

正勝さんは、父に呼ばれるたびに、野良着のままやってきた。父の物好きに付き合わされる彼も気の毒だったが、正勝さんはそんな素振りを微塵もみせたことはなかった。

父が亡くなった時、彼は葬列の最後の方にいて、野辺送りをしてくれた。亡くなって二カ月近く、正勝さんは姿を見せなかった。私もまた、雑事に取り紛れて、あれほど頻繁に訪れていた彼のことを忘れてしまっていた。

正勝さんがやって来たことがわかったのは、秋になってからであった。ある朝、起きて玄関口に新聞を取りにいくと、そこに紙袋が置かれていた。覗いてみると、柿が十個ばかりはいっていた。父の生前、黙って置いていったことはなかったが、正勝さんに違いないと思った。

つややかな朱色をした富有柿をテーブルの上に並べながら、懐かしさがこみあげてきた。私と正勝さんとは、一回り以上、年の隔たりがある。それに、教師と教え子という関係ももう終わっているはずであった。なんらかの絆が切れると、人間関係も途絶えてしまう例を、私自身年を重ねるにつれ、多く見て来ていた。

そのことがあってから、正勝さんは以前と同じように、我が家を訪れるようになった。ある時、私の息子の話になり、正勝さんに子供がいないことを初めて知ることになった。

正勝さんは、子供の頃水車小屋で遊んでいて、水車に挟まれたと言う。下半身を挟まれたまま、水車はほぼ半回転した。話しながら、正勝さんはふと笑みをうかべると、それきり口をつぐんでしまった。

その話は、父から聞いたことがなかった。ただ、正ちゃんと呼ばれていた小学校時代、彼は病弱な子供だったと言う。父はよく彼を背負って、二里ばかり離れた彼の家まで歩いたらしい。私が知る物好きの父からは、想像もできないことだった。

父は自分の都合で、正勝さんを利用していただけにすぎないのではないか、そんなふうに思っていた。父の背中の温《ぬく》もりを覚えているという話を聞いてからも、そんな気持ちは変わらなかった。だから、もう出来るだけ正勝さんの気遣いから逃れたいと思った。しかし、正勝さんは相変わらず、季節の野菜や果物を黙って置いていった。

三年前の、年の暮れのことだった。いつも暮れになると、門松を立てる隣家の人と話していた。隣家は旧《ふる》い家である。私の家でも昔は立てていた記憶があった。というより、このあたりでは、軒並みそうだった。そんな話をしたのだと思う。

正勝さんはその話を耳にしたのだろう、暮れの押し迫った三十一日の朝、玄関口に門松を置いていった。小さな家には不似合いな、二メートルはある雌雄の松だった。次の年も、同じような大きな一対の松が届けられた。

私は御礼の手紙を書き、そして、来年はもう心配しないで欲しいと書き添えた。狭い田舎のことである。私の耳には、正勝さんが暮れになると、松を探して里山を歩いているという噂がはいって来ていた。特に、雌松を探すのに苦労しているらしいと言う。雌の若松は、確かに少ない。そのことは、私も知っていた。

ところが去年、また玄関先に門松が届けられていた。門松は、例年より小振りだったが、そのそばには、寒梅の一枝が立て掛けてあった。

正勝さんは、雌松を探すのに苦労していることを私が知って、断わってきたと思ったのであろう。寒梅の一枝は、大きな松が探せなかったお詫びのつもりなのかも知れない。そんなことを思うと、小さな悲しみのようなものが胸の中に降りて来た。

正勝さんは、自分の心に正直なのだ。きっと、いままでの人生で損ばかりしてきたのだろう。それが、哀しい。たまに会うと、体だけはもう半身になっているのだが、いつもはにかんだような笑顔を見せる。

あすなろ物語

織田《おだ》浩介《こうすけ》（大阪府　50歳）

中学三年生の時に私は〝よっちゃん〟と呼ばれていた少年と親しくなった。私は転校生で、転校してきた当時は成績が良かったが二学期を迎える頃から、急速に成績が下降線を辿り始めていた。それをもたらした原因が解らず、又高校への進学の問題も絡み、私は鬱屈《うっくつ》した状態に陥り、勉強にもクラブ活動にも身が入らず、悶々とした日々を送っていた。そうした中、私は学内で不良と目されている少年達と付き合うようになった。彼らと一緒にいると刺激的で面白く、そして何よりも現実の辛さを忘れることが出来た。

私には樹木を見ることや園芸の趣味があり一人で市内の公園や神社へ出向くこと

が多々あった。公園や神社等へ行く度《たび》に、一人の見知った顔の少年と遭遇することが多くなってきた。その少年は私に親しげな笑顔を送ってきたが、私は唯一つの楽しみを奪われた思いと老人趣味のような植物への興味を盗み見られたばつの悪い思いとで彼を無視し続けた。そのようなことが幾度か続き、ある時、神社の大きな樹木の一つにその少年が手を廻し、その木肌に耳を当てていた。不思議なことをしているものだなと、私が見ていると、視線を感じたのか、私の方に顔を向け、樹木から手を離し、私に近付いてきて「土岐くんも木が好きなんだ」と初めて声をかけてきた。その少年が〝よっちゃん〟であった。〝よっちゃん〟は中学校で私と同じクラスであったが、これ迄一度も言葉を交わしたことがなかった。クラスの者の話では〝よっちゃん〟は聴覚に軽度の障害を持っているとのことであった。そのためか、クラスでの席は常に一番前の中央のところと決められてあった。この日以降、〝よっちゃん〟は学校でも私に親しみのある態度で接してきて、私の持っていない植物図鑑を何冊も貸してくれた。植物への趣味という共通の話題を間に、〝よっちゃん〟と私は親愛の度を深めていった。そんなある時、〝よっちゃん〟は公園で再び樹木に手を廻し、その木肌に耳を当てた。私が何をしているのかと聞くと、「樹木には霊がこもっていてそこから何かが聞こえるんだ」と〝よっちゃん〟は真剣な面持ちで答えた。そこには樹木に対する〝よっちゃん〟の畏敬の念があった。そんな〝よっちゃん〟が自分のことを、『あすなろ』だと言うことがあった。何を言っているのか分からず、その意味を尋ねると、会話に詰まった時は筆談に頼るのだが〝よっちゃん〟は持っていた手帳に『あすなろ』と書き、明日は檜《ひのき》になろうとしている翌檜《あすなろ》という木があって、それは僕だと説明してくれた。その木のことは母親から教えられたと言って、「聴覚に障害があるから、僕は人より倍以上努力しないと駄目なんだ」と〝よっちゃん〟は少し恥ずかしそうに付け加えた。その翌日、学校で〝よっちゃん〟が一冊の本を貸してくれた。本の題名は『あすなろ物語』とあり著者の名前は井上靖であった。家に帰って読んでみたのだが、その本は井上靖の自伝風の小説で中学生の私にはその内容は分かり辛いものであった。只《ただ》、この小説の中で印象的な言葉のやり取りがあった。主人公の仲間たちが檜になろうと努力しているのをある女性がそれを評価し、主人公に対して「貴方は翌檜でさえもないじゃありませんか。翌檜は一生懸命に明日は檜になろうと思っているでしょう。貴方は何になろうとも思ってらっしゃらない」と言う。この言葉は私には痛かった。私自身がそうであった。私の成績が落ちたのは私自身が努力を怠ったからである。転校してきた当時、成績が良かったのは、前の学校で今の学校より授業が進んでいたお陰なのである。その事実から私は眼をそむけていた。私は前向きに努力する志の大切さを〝よっちゃん〟と『あすなろ物語』から学んだ。〝よっちゃん〟という友を得て、不良仲間とは自然と離れていった。不良仲間はその後傷害事件を起こし、警察沙汰になった。本当のところ、私は危うい立場にあったのだ。『あすなろ物語』を〝よっちゃん〟に返した後、私はその本を買い求めた。

私が高校生になった時、父の転任で遠く離れた町に引っ越しをしたので、〝よっちゃん〟と私は別れ、それきりになった。

若い時代はただ勢いに任せ、日々の生活を送っていたが、その後転職したり離婚をしたりと人生にあれこれ迷うようになった時、不思議に〝よっちゃん〟のことが思い出された。「聴覚に障害があるから、僕は人より倍以上努力しないと駄目なんだ」と〝よっちゃん〟は中学時代語ったが、〝よっちゃん〟ばかりでなく五体満足な私でも色々な形でハンディキャップを背負っているものだと、生きていく上でつくづく思い知らされた。そのような時、どのような姿勢で人生に向き合うかが試されるものである。〝よっちゃん〟は生まれた時からその試練にさらされていたのである。

『肩を怒らせることもなく、しなやかに、前向きに生きる』姿勢を私は〝よっちゃん〃から学んだような気がする。〃よっちゃん〃に出会わなかったら私は今とは違う別の人生を歩んでいたかもしれない。大学や社会で出来た友人はともすれば社会生活においてライバルのような色合いがどうしても拭《ぬぐ》えないものがあるが、小学校、中学校時代の友達は気の置けないところがあって実にいいものだと思う。

私の母親が亡くなった時、母名義の土地を相続することになり、市の税相談センターに行くと、私の隣りの税相談の係がふと私の顔を見て、確認するように提出した名札に見入り声を上げた。数十年ぶりに再会した〃よっちゃん〃であった。彼は税理士になっていた。

〃よっちゃん〃は手話等を使いながら、障害者の人たち専門に税相談の相手になっていた。木の精霊を受けた〃よっちゃん〃は檜になっていた。

本当に本当？

今里《いまざと》幸立《ゆきたつ》（和歌山県　68歳）

庭木のクモの巣が陽光を浴びて光っている。

単純な図柄に見えるが、絡み合いはかなり複雑である。人間社会のしがらみを想ってしまう。

人間、自分ひとりでは生きて行けない。

〈本当に信用できる〉は形而上《けいじじょう》のことがらであり、ボクごときにはとても窺《うかが》い得ない。

エピメニデスの話――

〈A島の人がB地の人に「A島の人は、みんなウソつきだ」と言った〉とすると、B地の人は、そのA島の人の言葉を信用するか、しないかで結論が正負に分かれる。

この話、ボクには〈信用〉の実像を象徴しているように思えるのだが……。


小学二年のとき、ある生徒の墨が盗まれた。

担任の先生が、電線を引きずった理科の実験用具を持ち出して、「ウソ発見器です。盗んだ人は必ず見つかります」と言った途端、泣き出した子がいた。

「正直に言ったから許してあげます」で落着したが、その子は、ボクが一番仲良くしている友だちだったから驚いた。

「今ちゃんは、もうボクを信用してくれへんやろなァ」

ボクが〈信用〉という言葉に接したのは、そのときが初めてだった（ように思う）。その後のことは忘れてしまったが、昭和二十年七月、空襲で罹災《りさい》するまでそのクンとの交友が続いた。そのクンを信用していたかどうかは分からない。思い出す断片からでは、信用していたようにも思えるが、何しろ昔の話、唯、ウソ発見器と信用という言葉の響きだけが、いまだに残っている。

焼夷弾が炸裂し、猛焔《もうえん》が暴れ回り、燃え拡がる中を走りに走った。鉄道四駅分、必死で逃げた。稲田《いなだ》にへたり込んだ。頭の中がしびれている。開けっ放しの口が笛になっていた。街衢《がいく》の火勢は赫々《あかあか》と夜空を照らし、真昼のように明るい。低空をB29の大編隊がすごくゆっくりと飛んでいる。銀色に輝きながら中空に揺曳《ようえい》しているテープ状のモノは何なのか。

明け方、奥歯が音を立てる程の寒さが襲って来た。

中学二年以上は動員、空いた教室は陸軍の老兵宿舎、その日、新入生のボクらは、夏休み前のプール掃除をやったばかり、そんなこんなを思い返しながら震えていた。

「兄ちゃんとこ、どこや」

後ろから、かなり年配の声がした。町名を言うと「あかん、こんなどえらい空襲や、和歌山は全滅やでェ」。

言いながら、ボクの横に腰を下ろした。

「ワシら、政府やら軍のえらいさんに騙されてたんや。あいつらを信用してたワシらはアホやったなァ」

そこで大きく嘆息すると、そのおじさんは低い声でゆっくり話を続けた。

「兄ちゃんは、あの火の中を掻《か》い潜《くぐ》って来た。キミは、自分の運の強さを信用せな焼夷弾の代わりにバチが当たるでェ」

「バチ当たってもかめへん。しんどい、今はしんどいだけや……助かったんは運が良かっただけや」

「その運を信用せなあかん言うてンねや。一等初めに自分の運を信用する、そんでもってキミがキミ自身を信用できるようになったら、みんながキミを信用してくれる。軍のえらいさんらは、自分にウソをついていたんやと思う。自分自身を信用してなかったんで、己を見失《みうしの》ォてしもてたんやろう。キミらは若い、時間はぎょうさんある。信用できる自分をつくらなあかんでェ」

「試験の点があかんときとか、跳び箱を跳べんときとか、ボクは、しャァないわで終わり。軍のえらいさんと一緒や」

「それだけ分かってたらええ。それを他山の石にして、キミ自身を一所懸命磨くこっちゃ」

三日後始まった炊き出しの握りめしをほおばっていると、

「これも食べよし。こうこは六切れ取って来たった」

言いながら照れ笑いしたおじさんの頬は落ち窪《くぼ》んでいた。

「さァて……と……」

ひとりごとのようにつぶやくと背を向けた。

振り向かない、ボクは釘付け——。

老若不詳のヒトだった。

『大辞林』（三省堂）によると〈信用＝①人の言動や物事を間違いないとして、受け入れること〉とある。理屈としては分かるような気がする。しかし、実体が今ひとつ捉《とら》え難《がた》く、まさに前述のエピメニデスだ。

「彼が、そう言ってるなら間違いない」

「キャッの言うことは、うのみにせん方がええでェ」

要するに、その得体はネームバリューの軽重に収斂《しゅうれん》されるのではなかろうか。

逆から拾えば分かりやすい。

「わたしを信じてください。わたしは決してウソ偽りは申しません」——大きなたすき掛け、白手袋の絶叫を、一体何人のひとが信用しているだろうか。

裁判所や国会での「宣誓」が相当部分偽りであることも常識である。百も承知している裁判官は「証人何某の証言中、これこれの部分は到底措信し難く……」と言って排除する。

偽証罪に問われた例をあまり聞かない。

高校二年まで、にが手だった物象《ぶっしょう》はいつも五十点前後で、担任に、平均点への影響を注意され、発起《ほっき》した甲斐が九十何点となって現われた。ところが「今里くんの理系の力を先生は知ってんだぞォ。カンニングは良くないなァ」物象の教師の言葉が、ボクのノウテンに突き刺さった。ボクは信用されていなかったのだ。以降のテストは全部白紙で出した。そのときは、おじさんの言葉どおり、はっきりと自分を信用していた。白紙は、ボクがその教師を信用できなくなったからである。

欠点のない人間はいない。そんな中で信用を培うのは極めて難しい。その原点は自分自身である、と言ったおじさんの話が身にしみた。

二十五歳のとき、ふたつ年下の女性を好きになった。その好きがホンモノか一時的なちょい惚れか。自分の感性と判断を信用して、ボクは、かなり強引に申し込んだ。

一年後、結婚した。

そして四十三年が過ぎた。

〈本当に信用できる人物〉が自分の周りにいてくれれば、かつ、その数が多ければ多いほど安心だし、心が豊かになるに違いない。

しかし、極めて残念なことに、ボクには、女房と娘以外にひとりもいない。要するに、二人だけということになる。

疑似的に信用している人が何人かいることはいるのだが、相手からボク、ボクから相手、相互に微妙なずれがあるように思える。

〈本当に〉に引っかかるのだ。

「あなたがヒトを信用しなくなったんは、そのおじさんの話が切っ掛けやあれへんと思う。唯、自分に酔ォてるだけやないやろか」

と女房が言う。

「光文社の課題の虜《とりこ》になってから、それまで何気のう見過ごしていた風景が変わって来たことは確かやなァ」

「焼け出された、戦争は敗《ま》けた、住まいは転々、教育改革で学校も転々……あなたがどれだけ自分を信用していても、ぐるりは容赦せんかったわけでしょう？　わたしは信用って理屈やないと思う。譬《たと》えがおかしいかもしれんけど、ウイスキーとかお酒のように、ある相乗作用で醸成されるんが信用やないやろか」

いずれにしても、ボクには〈信用できるヒト〉が、自分を含めて三人いる。「三人しか」なのか「三人も」なのか、ボクには分からない。

上に〈本当に〉が付くだけで充分なのであります。

陰の声「それって、本当に本当?」

いつの日か恩返しを

小沢《おざわ》 純代《すみよ》
（神奈川県　31歳）

私には、本当に信用できる人が、三人いる。両親と、近所に住んでいるAさんである。両親もAさんも、一日一日を大切に、一生懸命に、それぞれの仕事をしながら、生活している。私は、現在、精神科の病院に月に一回、通院している。自宅療養の身なので、家事の手伝いをしながら、生活している。今、三十一歳であるが、年相応の常識が身についていないので、時々、将来が不安になることもある。でも、将来は、必ず病気を治して、未《いま》だにお世話になっている両親とAさんには、恩返しをしたいと思っている。

私の発病は、高校三年生の時である。学校内での人間関係に行き詰まり、一カ月位学校を休んで、両親を困らせたことを覚えている。病院へも連れてゆかれ、「自律神経失調症」という診断書を、母が担任の先生に届け、事情を話してくれたので、何とか卒業することができた。短大へも進学したが、三カ月で退学してしまった。その頃、近所に住んでいるAさんと、知り合った。Aさんには、両親には話せないような悩みなどを、夜、遅くまで相談したり、とてもお世話になっていた。

二年後の二十歳の時に、病気が再発した。何とか入院しないですんでいたが、自分で、体や頭を洗うことが出来なくなったのである。母は、祖母の面倒もみていたので、私の世話は、他人に言えない位、大変だっただろうと思う。そのような状態の中、Aさんは毎日仕事の終わったあと、私の家に来てくれたのである。心の病気というと、世間では、偏見をもつ人も多い。それなのに、Aさんは、私の病気を理解してくれていたのだった。友達とのつき合いが出来なかった私は、毎日、Aさんが来るのを楽しみにしていた。病状がひどい時には、夜の十一時ごろ、突然、Aさんの家に訪ねていったこともあった。Aさんは嫌な顔もせず、私の家の前まで、送ってくれたのだった。また、平日は働いているので、土曜日と日曜日は、一緒に散歩に行ってくれたり、ご飯をごちそうしてくれたり、本当に親切にしてくれていた。

おかげで、一年半後には、社会復帰することが出来た。最初はパートだったが、その後、正社員となって、はりきって働いた。しかし、社会の厳しさにはついてゆけず、平成五年九月、N病院に入院しなければならない状態となった。母に対して、「本当の母ではない」と言ったり、「ご飯の中に毒を入れている」などと思ったり、妄想の病状が現われていたのである。N病院は、私の家から一時間以上もかかる病院であった。それなのに、両親は、毎週、面会に来てくれた。Aさんも、両親と一緒に、遠い所からわざわざ面会に来てくれたこともあった。とても、うれしく思った。Aさんは、来られない時には、私あての手紙と一緒に、テレホンカードや、チョコレートなどのおかしを、プレゼントとして、両親にあずけてくれたこともあった。他人である私のために、励ましの手紙を書いてくれたりしていたので、同室の友人に自慢したこともあった。

Aさんの手紙には、「生きることとは、戦いでしょうか。最近、つくづく思います。それぞれの人生の課題に、一生懸命がんばることが大切だと、痛感する最近です。将来のことは、不安もありますが、大丈夫。今までの人々も生きてきたし、これからも、生きてゆきます。すみよちゃんも私も、共に、負けないで、生きてまいりましょう。不安は、誰にもつきもの。すみよちゃんだけの不安では、ありません。自信をもって、明るく生きていきましょう。共に、共々にね」このような内容だった。

私も、Aさんのように、人を励ましていけるようになりたいと思った。Aさんからは、入院中に、手紙を十通位、いただいている。その手紙は、私の大事な宝物として、今でも大切に保管してある。

一方、妄想の病状は、一時的なものだった。しかし、実の娘に、「本当の母ではない」と言われた時、母は、どんなにつらかっただろう。ある日、父がかぜをひいて、面会に来られない時があった。その時は、母が、一人で面会に来てくれた。当時、母は、六十三歳。腰も足も悪く、本当だったら、娘に世話をしてもらいたい時だっただろうに、私は、わがままのしほうだい。「今度、運動会があるから、運動靴をもってきて」と言っておきながら、運動会に、午前中、参加しないこともあった。「雑誌を、二冊、買ってきて」とか、お化粧をしているわけでもないのに、二千円もする洗顔フォームを「買ってきて」とか、おかしやサンドイッチが「食べたい」などと、平気で、暴言をはいていた。一時間半もかけて、リュックサックを背負い、私のために、来てくれた母。今、そのことを思うと、涙が出そうになる。

平成六年四月、N病院を退院することが出来た。しかし、通院は遠いので、近くのT病院にしていただいた。しばらくは、落ちついていたが、社会復帰をあせってしまったり、医者の言う通りに薬を飲まなかったりで、またもや、病状が悪化。今度は、T病院に入院。任意入院で、開放病棟であった。しかし、病院から脱走してしまったり、ふとんを投げ飛ばしたりしたことがあり、一階の閉鎖病棟に移ることになった。平成八年一月ごろが、最もひどく、個室にも数カ月入っていた。部屋代が一日一万円で、その他、いろいろな費用がかかっていたので、両親は精神的にも経済的にもとても大変だったと思う。両親との面会さえ出来ない期間もあった。そんな私も、平成八年四月には、大部屋に移ることになった。

部屋に荷物を運んで、自己紹介をしたあと、涙が、ぽろぽろとこぼれ落ちた。感激の涙であった。その時に、ある作業療法士の方が、やさしく、声をかけてくれた。そのことは、一生、忘れないだろうと思う。その後、面会には、土曜日には母とAさんが、日曜日には父が一人で来てくれるようになった。母が具合が悪くて来れない時には、Aさん一人で、来てくれたこともあった。Aさんは、お盆とお正月以外は、毎週、来てくれた。一人で暮らしているので忙しいのに、その合間をぬって、私のために、貴重な時間を費やしてくれていたのだ。このことを忘れたら、罰《ばち》があたると思う。両親とAさんは、私の誇りであるし、人生の大先輩であると思っている。

大部屋に移ってからも、すぐに、病気が良くなったわけではなかった。親しい友人ができず、どちらかと言えば、けんかをすることが多い毎日であった。私は、孤独感を感じていた。そのことを、母に電話したら、すぐに、手紙をくれた。「自分の良い所をみて、自分を好きになることです。そして、おおらかに、小さいことなど考えないで、明るく、楽しいことだけ、頭にえがいて、暮らすのです。物事に感謝の気持ちをもって、人にやさしくするようにして下さい。良い方に、物事をとっていけば、楽しくなります。幸せは、外からくるものではないのです。自分の心の中から、自分が作ってゆくものです。お父さんも、お母さんも、どこまでも守ってゆくから、安心して、療養して下さい」と、書いてあった。

「どこまでも守ってゆくから」という言葉に、私は、とても勇気づけられた。苦しい毎日だったが、その手紙を、毎晩、よみ返しては、がんばろうと思った。また、同じ頃、Aさんからも、励ましの手紙をいただいた。「若い青春の心を、輝かせていますか。その笑顔を、開いていますか。やさしい心を、磨いていますか。苦しい心に負けまいと、誓っていますか。生きていく価値は、苦しさに負けないことです。それが、がんばることです」と、書いてあった。T病院での生活は、一年十一ヵ月も続いた。現在、退院してから、三年たった。もう二度と、入院しないよう、努力もしていきたい。そして、苦労ばかりかけている両親とAさんには、きっと、恩返しをしていきたいと思う、この頃である。

お願い――

この本をお読みになって、どんな感想をもたれたでしょうか。「読後の感想」を左記あてにお送りいただけましたら、ありがたく存じます。

なお、このほかに、「光文社の本」では、どんな本を読まれたでしょうか。また、今後、どんな本をお読みになりたいでしょうか。

どの本にも一字でも誤植がないようにつとめておりますが、もしお気づきの点がありましたら、お教えください。ご職業、ご年齢などもお書きそえくだされば幸せに存じます。

東京都文京区音羽一－一六－六
（〒112-8011）
光文社　文芸編集部

本当《ほんとう》に信用《しんよう》できる人物《じんぶつ》

2001年 5月30日　初版1刷発行

選・監修者	阿《あ》川《がわ》弘《ひろ》之《ゆき》
発行者	濱井武
印刷所	堀内印刷
製本所	牧製本

発行所　東京都文京区音羽1　株式会社 光文社
振替 00160-3-115347
電話　編集部 03(5395)8174
販売部 03(5395)8112
業務部 03(5395)8125

落丁本・乱丁本は業務部へご連絡くだされば、お取替えいたします。

ISBN4-334-97299-3
Printed in Japan

阿川弘之選・監修

「本当に信用できる人物」 第2回原稿募集

あなたの周りに本当に信用できる人はいますか。職場で、学校で、地域で、あなたが出会った、本当に信用できる人物との、「論」に走ることのない具体的なエピソードを募集します。未発表作品に限ります。選考の結果、最優秀賞1編、優秀賞5編、他入選作品を選びます。

応募規定▼B4判400字詰原稿用紙10枚以内。ワープロ使用の場合は縦書き20字×20行で印字。別紙に題名、氏名（ふりがな）、住所、電話番号、年齢、職業を明記し、原稿の表紙として作品と一緒に右肩を綴じページ数をふる。

応募先▼〒112-8011 東京都文京区音羽1-16-6 光文社 文芸編集部「本当に信用できる人物」係

賞金▼最優秀賞1編＝10万円 優秀賞5編＝2万円

締切り▼2001年9月末日

発表▼2002年1月末日 入選者に通知

著作権▼入選作品の著作権は光文社に帰属